陶说

［日］北大路鲁山人 著

傅玉娟 译

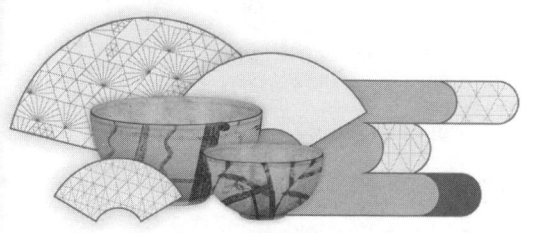

重庆出版集团 重庆出版社

图书在版编目（CIP）数据

陶说 /〔日〕北大路鲁山人著；傅玉娟译.
—重庆：重庆出版社，2019.1
ISBN 978-7-229-13610-9

Ⅰ.①陶…　Ⅱ.①北…　②傅…　Ⅲ.①散文集-日本-现代
Ⅳ.①I313.65

中国版本图书馆CIP数据核字（2018）第234130号

陶说
TAO SHUO

[日]北大路鲁山人　著　　傅玉娟　译
责任编辑：邹　禾　许　宁　魏　雯
装帧设计：不绿不蓝
责任校对：李春燕

 重庆出版集团 出版
　　　　　重庆出版社

重庆市南岸区南滨路162号1幢　邮政编码：400061　http://www.cqph.com
重庆出版社艺术设计有限公司 制版
重庆豪森印务有限公司 印刷
重庆出版集团图书发行有限责任公司 发行
E-mail:fxchu@cqph.com　邮购电话：023-61520646
全国新华书店经销

开本：890mm×1230mm　1/32　印张：12.5　插页：3　字数：195千
2019年1月第1版　2023年3月第2次印刷
ISBN：978-7-229-13610-9
定价：69.80元

如有印装问题，请向本集团图书发行有限公司调换：023-61520678

版权所有　侵权必究

北大路鲁山人

明治31年(21岁)的福田房次郎(鲁山人)

明治41年正式与安见民办理结婚手续。抱着出生于同年7月的长子樱一的鲁山人

决定与松山堂的继承人藤井阿关再婚的福田大观(鲁山人31岁)与阿关及其父母

大正9年鲁山人37岁时照片

大正末期(40多岁)的鲁山人

与朋友史德尼·B.卡多佐在星冈窑　昭和30年(鲁山人72岁)

与朋友史德尼·B.卡多佐在星冈窑　昭和30年（鲁山人72岁）

星冈窑开窑后的鲁山人　昭和2年（44岁）

星冈窑

星冈窑总面积22120平方米,昭和9年3月完成

正在出窑的鲁山人

正在检查烧制效果的鲁山人

陶瓷制品入窑

正在制作四方盘的鲁山人
昭和31年(73岁)

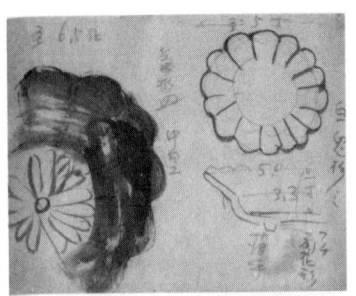
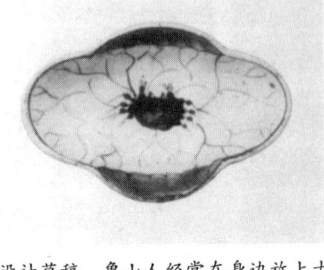

设计草稿。鲁山人经常在身边放上古陶瓷进行研究,并应用于自己的陶瓷器制作中

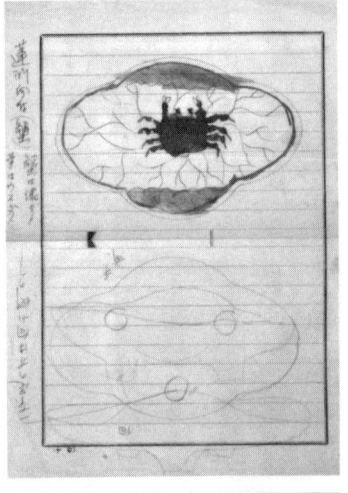

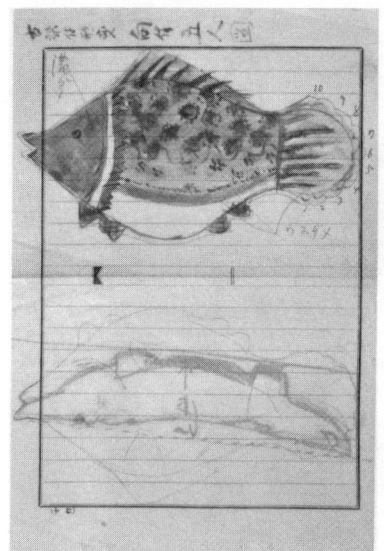

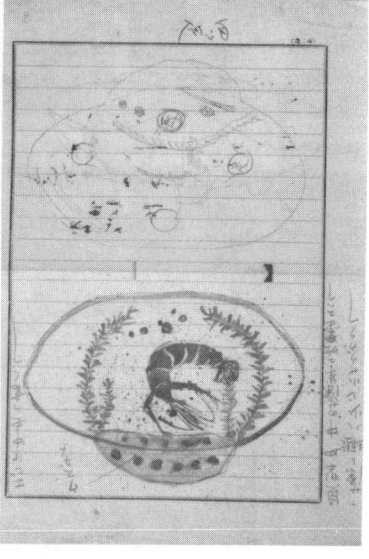

《星冈》杂志摘录

目录 / Contents

- *001* 因何立志制陶?
- *009* 玩土
- *013* 关于星冈窑
- *017* 关于我的陶瓷器制作
- *027* 筑窑之后的收获
- *033* 余近来尝试陶瓷器制作的缘由
- *037* 从我的制陶体验看前人
- *065* 致有志于成为陶艺家的人
- *075* 触动灵魂的美
- *079* 所谓雅美
- *083* "直觉"的哲学
- *089* 捡漏是诸病之源
- *093* 艺美革新
- *101* 关于陶瓷器鉴赏
- *111* 料理与器皿
- *115* 日本的陶瓷
- *123* 濑户·美浓濑户发掘杂感
- *129* 古九谷观
- *135* 古唐津

137	备前陶
141	关于黑濑户
145	关于织部陶
149	志野陶的价值
155	乾山的陶器
163	古器观集萃
247	"明古青花"观
257	古青花的绘画以及纹饰
265	陶瓷器个展中所见各创作者的风格
271	观河井宽次郎先生个展
277	观河井宽次郎近作展有感
281	业余爱好者制陶不当筑窑
307	座边师友
313	青年啊,多多选择老师吧!
317	鲁山人作陶百影　序
321	鲁山人家藏百选　序
325	爱陶语录
345	关于鲁山人展目录的话
372	译后记
375	北大路鲁山人年谱

因何立志制陶？

常有人问我："为何开始制陶？"我总是立刻回答那是源自于自己对美食的喜爱。我自幼就对食物的味道充满了兴趣，及至年长，兴趣愈深，遂不再满足于美食本身。

美味的食物需要与之相配的美丽食器，如果不是盛在这样的食器中，就会表达自己的不满。于是，我自然而然地开始慎重挑选起陶瓷器和漆器，也就是盛食物的器皿。生活这样持续着，不意我竟成了美食俱乐部①的一员。我记得那是在大正九年左右。在经营过程中，自然就碰到了食器的问题，但是现代制作的器皿无论如何也不能让人满意。于是就决定在古物中寻找合适的食器，在古濑户②、

---

①北大路鲁山人于1921年开设的会员制餐厅。
②室町时代以爱知县濑户地区为中心烧制的一种陶器。表面为黄褐色或黄绿色釉，釉下刻有花草纹或几何纹，是室町时代最具代表性的施釉陶器。相传为加藤景正模仿中国的青瓷烧制而成。

古赤绘①、荷兰瓷当中，挑选茶碗、盘子、盆子，以供日常食器使用。如此三年，获得了食客的一致好评，经营也得以持续，正在此时，却遇上了大地震②，美食俱乐部也化为一片灰烬，当时所使用的古陶瓷器及其他一切物品都丧失殆尽。

但紧接着我又开始经营星冈茶寮③，舞台变得更大，有时甚至需要超过一百人使用的器具。像以前那样用古陶瓷来满足日常使用的做法几乎变得不太可能了。虽说如此，也不能因此就使用五条坂④的陶瓷器。

于是，为了给地震之后归我们经营的星冈茶寮准备最早使用的器物，我委托了京都的宫永东山、河村蜻山、三浦竹泉，九谷陶瓷那边找的是山代的须田精华、山中的矢口永寿、大圣寺的中村秋塘、尾张赤津的加藤作助等诸位

---

①赤绘：陶瓷装饰技法之一。因以赤色为主调，故称赤绘。除赤色之外，另有绿、黄、紫、青色，亦有金银色。明代的五彩瓷也同样是尊崇红色，日本人亦将其称之为"赤绘"。译文中沿用日文原有表达，译作赤绘。
②指发生于1921年9月1日的关东大地震。
③位于今天的东京千代田区永田町。1881年在岩仓具视的提议下设立，作为政府要人等上流社会的聚会地点。大正年间出现经营不善的情况，关东大地震之后，被租借给北大路鲁山人和中村竹四郎开设会员制的美食餐厅。
④位于京都市内大路"五条通"的东端，沿途有很多销售京都特产的陶瓷"清水烧"的商家。

匠人，请他们先按我的喜好做出素胎，然后我再在上面作画，以此满足眼前的需求。

当时我在制作陶瓷器这件事上是非常迂缓的，读着奥田先生的《陶瓷百选》等书，却是怀着一种看另外一个世界的心情。让别人做好素胎，自己在上面作画这种做法毫无理由地让我感到了满足。让匠人做好素胎，自己在上面作画，然后自称创作家的陶艺人大有人在，这是现代陶艺界的现实。曾经我自己也是在不知不觉中满足于这样的做法。但是那些器物只是匠人按照要求制作出来的，匠人们除制作技术之外，没有任何触及内容之处。从技术上来说粗看起来是制作得很漂亮的，但绝不能算是美的物品。

给匠人们看宋窑的，看古濑户，他们能够很快模仿出其外形，但不可避免的是缺少了对于内容来说最为重要的精神。我因此对于别人所做的素胎感到非常不满，深觉只要不是自己亲手从泥土开始做起，终究还是无法令自己满意的。

濑户风草纹圆钵

事实上如果所有过程不是自己亲手去做，就不能说是自己的作品。之前那种只是画上画，就打上鲁山人作的铭文的做法，此时令我感到羞耻。因为这是一种欺骗行为。由他人制作素胎，自己在上面作画，这是合作，不能算是自己一个人的作品。特别是对于陶瓷器来说，作画并不是最主要的，跟泥土相关的工作才是最主要的。把跟泥土打交道的工作交给无知的匠人，自己只是画画，至少从制陶精神上来说，这样的做法是本末倒置的。话虽如此，我并不是从根本上否定合作。合作的话，至少应该是同一职业的人。木米[①]作画，山阳[②]为和，宗和[③]设计，仁清[④]制作，这样才能发挥出合作的妙趣。但是，如果创作者的一方是没有美学素养的匠人，另一方是有美学素养的人，那么从

[①]青木木米(1767—1833)，江户后期的文人画家、陶工。生于京都。其制陶方法学自奥田颖川，受到青花瓷、赤绘、青瓷等陶瓷器的创作风格的影响，形成了独特的创作风格，作品以茶道用具为主。其作品中既有陶器又有瓷器。

[②]赖山阳(1780—1832)，江户后期的儒学家、历史学家、汉诗人、书法家。性格豪放，多与文人墨客相交，留下了很多出色的诗文与书法作品。

[③]金森宗和(1584—1657)，江户前期的茶道大师，茶道宗和流的鼻祖。该流派茶道在当时深受贵族喜爱。与野野村仁清相交甚笃，在自己的茶道中用了很多仁清的作品，还将其推荐给了当时的贵族使用。

[④]野野村仁清，生卒年不详，活跃于江户初期(17世纪后半期)。受茶道大师金森宗和推荐，在洛西御室仁和寺前筑窑，由此得号"仁清"。其作品多为茶道用具和怀石料理用具。

根本上来说就不具有合作的意义。于是我下定决心，不管要如何费心思，与泥土相关的工作也必须由自己来做。虽然都说辘轳拉坯的工作是很难的，但是也有学徒到辘轳场学习三年之后，就能够把辘轳拉坯的工作做得相当好，有这样的例子在，我于是满怀着信心去做这些事了。

于是，我深觉有必要自己筑窑、设置辘轳场，就有了昭和三年春天在大船在山崎筑窑一事。虽然还是需要几名助手，但是终于可以从自己的窑里创造出真正属于自己的作品了。真正着手去做之后，发现像练泥、画坯、满窑等技术工作，比想象的要简单得多。星冈茶寮所使用的食器全部都是我自己的作品。除此之外，也准备了一些青瓷、信乐①、

织部松林与家长方盘

---

①从镰仓时期开始以滋贺县甲贺郡信乐町为中心生产的陶瓷。信乐的土质量上乘，烧制成陶瓷器之后胎体紧实，即使不施釉，也会形成淡黄、绿色或是暗褐色的自然釉。

唐津①、朝鲜刷毛目②、古濑户、吴须赤绘③等。

如此这般，到了创作自己作品的阶段，自然而然就产生了想要一些参考物的想法。学者会自己去渔猎古书。正如学者爱重万卷书，对于陶瓷家来说，万件古陶瓷是他们的必需品。于是我决心要收集古陶瓷，在星冈窑旁设立了参考馆，把收集到的陶瓷器陈列在那里。一开始是作为新作品的参考，但是到了今天，这仅仅是一种名目了，实际上我是陷入了一种收集古董的癖好了。

如此，昭和三年我拥有了自己的窑口，说起来也就是最近的事。并且，因为现实情况不允许我埋头于陶瓷器的制作，因此不管是陶瓷器制作还是陶瓷器研究，都是直到现在才刚刚抓住一点眉目。每烧一窑陶瓷器，都会有很多的体会，我因此对陶瓷器的研究也好，制作也好，有了更深的兴趣。就这样，我从对美食的爱好出发，到现在开始尝试制陶，在这一点上，我与其他陶工陶瓷家在最初的出发点上动机就不同。同时，在制陶的学习上，我也没有固

---

①从九州佐贺县西部到长崎县一带所烧制的陶器。

②用硬毛刷在陶瓷器上刷上白泥，留下刷的痕迹，再施上透明釉的装饰方法，被称为"刷毛目"。相传该方法最早从朝鲜开始。

③日本人对漳州五彩瓷的称谓。此处沿用日文原文中的表达，写作吴须赤绘。

定的师傅指导，只是凭着自学走到了今天，也将继续面对明天。

细想想，制陶这一工作可谓前途遥遥，但是在这艘刚刚坐上的小船上，我将继续审视自己，并努力思考未来的方向。

昭和八年

玩土

当从内心深处理解了艺术之难、美术之美，作为一名陶瓷器创作者达到随心所欲的境界时，当一名陶瓷器创作者也是非常有意思的事情。在此之前，是需要学习各种知识的时期，即使花上5年、10年、20年，也还是很难达到随心所欲的境界。

个性、创作，这些嘴上说来容易，但是真正要让自己的表达言之有物的话，则不是简简单单就能达到的。即使被允许"自由创作吧"，也绝无可能达到自由。

首先必须要能够看到过去的人们所创作的美术的本质。这里说的过去，指的是千年、两千年前，必须要对从那时以来的美术、艺术独具慧眼。如果说因为是做食器的就只看陶瓷器，像这样的关注力是无法创造出有趣的器皿的。想要重现三百年前的茶碗，就必须要理解千年前的艺术。

在料理上也是，如果不能对百姓的美味佳肴到大名的粗茶淡饭，都一一了解于心的话，则很难说是一名独当一面的料理人。而要达到这一点，则需要极其巨大的努力，就算在厨房待十年、二十年，也未必能够达到谈料理的程度。尝试做一名乞丐，也不是无用的。尝试吃那些虚有其表的大名料理，也不是无谓的。为了吃到真正好的料理而不惜一掷千金这样的事，也是可以常有的。做陶瓷器的心，也大致与此相同。

即使是玩土，手上的技巧在一百年、两百年之前就已经走到了尽头，在今天再来争技巧已毫无意义。不然，终其一生也只能是一介陶匠。看官方展览上展出的作品，让我感受最深的就是，陶匠没有对自己的无知进行反省，只是一味在追求那些虚无的目标。

今后想要成为创作者的人，因为喜欢而开始玩土之后，要像努力争夺奖杯的横纲力士一样，将自己的一切都投入进去，和泥土决一高下。

关于星冈窑

星冈窑是在大地震之后开建的，是我小小的工作场，也是我的游戏场。我边玩边做，做出来的陶瓷器如约使用于星冈茶寮，如果还有多的，就开个个展什么的，展示给大家看。

我做的陶瓷器上都刻有"鲁"①"呂"②"ロ"③"※"等标记，和其他人的作品有着明显区别。只有"※"印记的，是窑场的研修生们的尝试之作。

星冈窑有一个汇集了古陶瓷的简陋的参考馆。这与学者们收集万卷书的意义毫无二致。因此，与富人们为了赏玩而收集的意义有所不同。但是，在将佳品作为佳品来鉴赏，将佳篇作为佳篇来赏玩这一点上，毫无差别。只是富

---

①对应中文中的"鲁"字。
②对应中文中的"呂"字。此字在日文中的发音和"鲁"字相同。
③此为日文中"鲁"字的片假名。

人所收集的多为完好之器，而我所收集的多有瑕疵。此乃我力量微弱所致，实在是无可奈何之事，但仍令我不胜惭愧。

我的星冈窑位于大船站和北镰仓站中间向西南方向走五六百米的小山谷中。原本这里就是没有邻居的独居环境，有一种不用在意他人的轻松。这里自然风光秀丽，对于讨厌寂寞的人来说或许并不适合，但是对于那些喜好闲雅幽静的人来说，或多或少都会喜欢上这里。

已故的久迩宫邦彦王殿下就很喜欢这里。特地大驾光临了两次，令我深感荣幸。在星冈窑境内，有一座德川初期（家康曾在此驻跸）的建筑物，这是为了欢迎殿下的到来，特地从县内的高座郡御所见村移建而来的。明治初年在相模平野陆军大演习时明治大帝还曾在此小憩，该建筑物因此作为圣迹而闻名。它是如此珍贵，以至于我时常觉得自己独占它是不是一个错误。

当我最开始准备制作陶瓷器时，虽然也有人对我的行为表示担心，但幸运的是一路而来，稳步前进，中途并未受什么挫折。如果能够保证今后十年也如此的话，我一定会努力留下什么。

说努力，我所说的只是玩乐的努力。我认为世上的人都是努力过度的。我常常想，世上的人为什么不再多一些玩乐呢。这个社会在努力让绘画、书法、茶事、雅事成为可以玩乐之事。我一直期待着，不管是做什么的，就不能出现一个将自己的工作当成玩乐的人吗？为了工作而努力的人是不幸的。将工作当做任务，在工作完成之后，用其他的玩乐来安慰自己的人也不能说是幸运的。不管是从事政治还是实业，有了玩乐之心，就能从容不迫。

在这一意义上，我希望自己今后还是闭居于星冈窑，过以工作为玩乐的生活。

关于我的陶瓷器① 制作

① 此处原文为陶器。在日语中,陶器一词,既可代表陶器,也可代表瓷器,也可是陶瓷器的总称。此处按中文习惯译作陶瓷器。在本译文中,对于原文为『陶器』的地方,若能明确特指的是中文中的陶器时,则译作陶器,明确特指的是中文中的瓷器时,则译作瓷器。对于指的是陶瓷器的总称及不能明确所指之处,则译作陶瓷器。对于原文中写作『陶磁』之处,则统一译作陶瓷。

本文摘录的是我对某位身份尊贵的人士的回答。

"你所做的陶瓷器研究中，难点在于釉料的研究吗？"

我回答说"这也是其中之一，不过我将重点放在了整体效果上"，结果他又继续追问："整体效果是指？"因此我就回答："就是从艺术的角度来鉴赏练泥制坯的工作，即由泥土制作出形状之后的美丑。陶瓷器的首要条件就是该项工作要具有充分的艺术价值。不管涂抹的釉料如何美丽，刻画上去的纹饰如何有力，如果练泥制坯的工作做得不够充分，也会失去意趣。相反，如果练泥制坯的工作具有充分的艺术价值，那么即使不施釉料，或是形状发生了扭曲，最后成品不那么规则，或是最后没有出来所期待的色泽，但是因为最根本的练泥制坯的工作做得好，所以还是散发着灿烂的价值之光。"

我后面所说的内容摘要如下：

自古以来，凡是有名的陶瓷器，在练泥制坯这一环节都具有高超的艺术性，在此基础之上，再由擅画者画上美丽的纹饰，或是在其上施以美丽的釉料，恰到好处地施釉，或是恰如其分地保持无釉，或是雕上花样。举例来说，比如青瓷，产生于宋代的被称为青瓷砧①，或是被誉为"雨过天青"的具有高超复杂的青色釉的青瓷，从根本上来说也是因为练泥制坯的工作做得好才产生了如此好的颜色，而并非仅仅是由于釉色本身高超。即使现在依旧能够制作出宋青瓷的釉料，但是以当下陶瓷家的能力也做不出青瓷吧。做出来的东西只是颜色好看，无法让我们像珍视宋青瓷那样去珍视它。不管是万历赤绘、青花瓷，乃至朝鲜陶瓷，均是由出色的练泥制坯工作形成了其根本价值，从而大放光彩。古濑户如是，古唐津如是，仁清、乾山、木米，或是柿右卫门，均是由于练泥制坯的工作在根本上具有了艺术元素从而名噪一时的，这一点无可争辩。

釉料的研究也是非常重要的，决不可等闲视之，但是我认为这些练泥制坯的工作才是最为重要的。因此，要制作好的陶瓷器，无需特意用力于设计，亦无需刻意求新。在色彩上也不必非此不可。更不必胡乱地追求标新立异。

①日本对于南宋龙泉窑青瓷的特殊称呼。

只凭理性思考在形状设计、釉料的色调、纹饰等方面取巧,这就是现代艺术的主张。虽名为艺术,实则全然与艺术无关,只不过是将美的表达视为一种标准化事物的斗智。看帝展①等展览上展出的作品,既不能称之为绘画,亦不能称之为工艺,全都是设计图案的斗智。是调色的斗智。像这样,通过作者之间的斗智,每年花纹、图案、色调都会被大张旗鼓地更换掉。帝展和其他展览会所做的不过就是这样的工作,但是由于鉴赏家也和作者一样,也是依靠自身的聪明才智进行理性的鉴赏,因此一时间现代美术获得了支持,然而艺术终究不是聪明才智的问题,而是关乎诚心,关乎热情的问题,因此,毫无疑问,光凭聪明才智是创造不出能够长久流传的作品的。

话说回来,且不说现在情形如何,古代又是怎样的情形呢?回首看古代时,会发现古代的人无论怎样,也比现代人更多一些诚心。年代越是久远,充满诚心的人就越多,这一点已经由诸多事实得到了证明。正因为是诚心工作,古代的艺术才可以永远地打动后世人的心。

---

①"帝国美术院展览会"的简称。是由日本帝国美术院主办的官方展览,从1919年开始每年举办,1937年随着帝国美术院的取缔,改称为"文部省美术展览会"(文展),1946年后又改称为"日本美术展览会"(日展)。

虽说古代人的聪明才智也令我们佩服，但真正打动我们的，还是古代人的诚心和热情。我是全然相信这一点的。所以，我遥望古人的工作，并试图读懂古人的内心。每当我读懂哪怕一点点古人的内心，都感到欣喜万分。这是因为我也想像古人那样，用自己的诚心来工作。当这样充满诚心的作品诞生时，怎能不叫人拍腿叫好？我由此体会到，古代人就是这样制陶的。

像这样，随着理解的深入，我认识到如今的创作者们为了创作而故意使用不同寻常的设计、不同寻常的色彩，这些辛苦其实根本没有必要。创作并非是聪明才智先行，而是诚心先行，是诚心的表达，先要有诚心，聪明才智作为一种辅助即可。从别人那里借来的聪明才智怎样都无所谓。同样是聪明才智，如果不是自然而然地从自己的天分中产生出来的，就无法产生创作等有权威的东西。如果没有天生的聪明才智，那么用天生的诚心去努力即可。正义无敌，就算不祈祷，都会有

九谷凤凰纹盘

神明护佑。神明就在正直的头脑中。聪明才智是没有尽头的，一山还有一山高。追逐于此，恰恰是不聪明的表现。诚心只有一颗，没有两颗。是真正的纯粹。所以应当以纯粹的诚心激发的热情来工作。这样就所向披靡了。所以，即使是制作陶瓷器，也不必非得做一些和别人不同的事，也不必有和古人不同的想法。更何况，古人基本上已经把能做的工作都做到了。那些争相标新立异的人是因为不能明明白白地看清楚古人的工作。无知者总是闭目不视却还能坦然自若。他们的做法不过是源自对古代的无知。

关于这一点，我们也可以从书法上来看。颜真卿写日本二字，欧阳询写日本二字，和今天的人们写出来的日本二字在形状上不会有太大差别。基本都是相同的，只不过是感觉上有些微的不同。这种些微的不同带来了巨大差异这一点，正是我们最需要关注的。只是一味地改变字形，不能算是好的字，也不是好书法的要素。

就算是摄津大掾[①]也并没有改变义太夫[②]的曲调旋律。

[①]竹本摄津大掾(1836—1917)，义太夫节的太夫，明治时期文乐的代表性人物。声音美妙，艺术风格唯美，代表性曲目有《十种香》《忠臣藏》等。
[②]义太夫节的简称，净琉璃的流派之一。以三味线伴奏，按节拍说台词，讲述故事。

也还是和其他义太夫的曲调一样来说唱的。现在的延寿太夫①也好，松尾太夫②也好，基本都还是沿袭了以前的清元③、常盘津④的曲调，并没有将其改变成独特曲调。也就是说，和别人一样用同样的方法做同样的事，但是从结果来看，因为做的人不同，产生了极大的差异，成百上千人中摄津一人成为了特殊的名家，松尾、延寿较旁人更为出色，这正是我们应当关注的地方。

就陶瓷器来说，像乐家的乐茶碗⑤，自长次郎以来历经数代，虽然各自成名，但是其中最为出色的还是长次郎⑥

---

①清元延寿太夫，清元节太夫的艺名、掌门人的名字。
②常盘津松尾太夫，常盘津节演奏家的艺名。共传了四世。第三世（1875—1947）原名福田兼吉，是大正和昭和前期的名人。
③江户净琉璃的流派之一，由清元延寿太夫于1814年从富本节中独立出来之后开创而成，其曲调洒脱，常被用于歌舞伎和舞蹈中。
④净琉璃的流派之一。1747年由第一代常盘津文字太夫创立，以有格调的艺术风格为目标，常被用作歌舞伎中舞蹈剧目的音乐。
⑤京都的软质雅陶。由初代长次郎在丰臣秀吉的聚乐第内，在千利休的指导下制作而成，因此一开始被称为"聚乐烧"。二代常庆被丰臣秀吉赐予了"乐"字印，因此，以此为家号，自称"乐家"，其创作的陶器也被称为"乐烧"。"乐烧"指的是用手捏制，低温烧制而成的软质粗陶。
⑥长次郎（1516—1592），生活于室町、安土桃山时代的陶工，乐烧的始祖。1579年左右开始，在千利休的指导下开始烧制黑釉或红褐色釉的茶碗，曾在丰臣秀吉的聚乐第内制陶，所制陶器被称为"聚乐烧"。

和道入①。他们两人尤为出色，具有卓越的艺术生命，创造出了特别优秀的作品。即使是在缺乏变化的乐茶碗，或是纯黑的枣形茶叶罐这样的器物上，也可以看出一方散发着灿烂的艺术之光，而另一方则不名一文，这种高下之分简直令人惊讶。

面对这样的差异，我们难道不应该去追寻其原因吗？当我们思考之后发现原因并无其他，样态相同，花纹相似，但是内容却不一样。我们仅仅发现了这一点。除此之外再无其他。当我们继续解剖这一内容时，发现内容中存在着先天形成的出色的部分，也有后天具备的优秀的部分。这两者的存在以及程度的不同，使得创造出来的作品具有不同的样态，呈现出多样的高下之分。

因此，我在制陶时将重心放在整体效果上，是因为我将重心放在了自己的内容上，是因为我想让作品反映出我的内心。因而，可以说花纹和颜色之类的都是为了对根本性的部分进行装饰而存在的辅助性的、次要的研究。当然，这仅仅是我自己的制陶观点。

---

①道入（1574—1656），江户初期的陶工，乐家第三代。其作品深受本阿弥光悦的推崇，被称为乐家陶器第一人。擅长用细腻的陶土制作胎体轻薄的器物，创造了朱釉、垂幕釉等，其作品多茶碗名器。

尊贵的人士听了我的话之后是否同意，这一点我无从知晓，不过能够对他的提问作答，我真正感到了无限光荣。

昭和六年

筑窑之后的收获

如果仔细想想在技术方面、制作流程上的收获的话，可以说是数不胜数，筑窑让我了解到了一个未知的世界。

但是，这些事太过于专业。所以我觉得最好还是不要在这里作为一个一般性话题拿出来说。因此，我将略过这些，来谈谈其他的感受。

个体创作者的权威——首先是打上了自己制作标记的个人作品的权威，但是如果不具备下述条件，就没有资格说这些。首先，我明白并且相信，从练泥到最后烧制完成的工作，比如拉坯、彩绘、刻花、施釉、入窑、观察窑火、停止烧窑的最后决断等，如果不是自己独力完成的话，就不能说烧制出来的是自己的作品。

世上常见的做法是雇人筑窑，让匠人制作符合自己喜好的东西，并以此洋洋自得，但是通过这样的方式制作出来的东西，只不过是可怜巴巴地偷偷加入了自己的喜好、自己的想法。像这样做出来的东西，只是取巧模仿了缺少精神内涵的外形，理所当然地，作品也不可能有什么魅力。换言之，缺乏内在的精神力量，只专注于所谓的名器的外表，最终做出来的只会是拙劣的恶器。因此，只要是爱陶之人，或是自己筑窑的个体创作者，理所当然地不应把任何一项工作交付他人，而是应该自己亲手去实施制作的所有步骤。

第二是釉药的制作方法。跟第一点所说的技术上不可全部交由他人去做一样，这一环节也同样不能听任他人。如果想要在釉药的色调上发挥出自己的特色的话，除了自己调配之外别无他法。

接下来，第三点是要自己对所用的泥土加以斟酌。此时，特别需要注意的是，绝对不可以把不同的泥土混合在一起。千万不要有诸如把织部①的土和信乐的土混合到一起来制作器物的想法。

现下陶人中也有人在做这样的事，但是混合之后的土，即使是有某种便利，也会失去泥土本身的独特韵味，

---

①从安土桃山时期到江户初期，在千利休的弟子古田织部的指导下，在岐阜县东部的美浓窑烧制的充满创意与个性的陶器。其形状多不规则，色彩多用黑色、深绿、红色等，整体风格自由奔放。多为茶道用具。

失去生机。我们无法否认的是，正是每个地方的泥土所具有的独特韵味，才使得当地所生产的陶瓷器最生动，最具表现力。因此，对于那些喜爱古陶，能够从古人的作品中获得感动的人来说，在制作的时候，这一点是绝不可轻率的。

换言之，要制作织部风格的陶器，就不能用信乐、唐津的泥土。制作织部风格的陶器要用濑户的土，制作信乐风格的陶器要用信乐的土，如果想制作织部风格的陶器，却用了信乐的土，那么就绝不可能体现出织部陶器的优点。

不仅是泥土，像彩绘中所用的铁质、织部陶器中所用的胆矾，所有材料均不可求诸他处。日本也曾经仿制过中国的青瓷、朝鲜的刷毛目，或是赤绘、青花瓷等其他众多外国陶瓷器，但是从未成功过，这是因为在材料选取上就存在着根本性的错误。

窑也一样，在伊贺要采取伊贺的结构，在古志野是古志野的窑，需要用古代的形式，所以全部都需要回溯到以前这些窑存在时候的样子，进行深入研究。

再回过头来看现代的陶瓷器，由个人创作的作品更是如此，其制作的所有环节，在我看来都没有明确的由来，也就是说其户籍是不正确的。这些作品只是一些完全不知其所以然的杂念的集合体，一言以蔽之，即缺乏单纯的美，只留下了复杂的丑。古陶瓷器中的名品因为单纯而美丽，而拥有沉甸甸的魅力，但是现在的人们仿佛对此全然不觉。

第四点，可能跟上面说的有点重复，但是我还是想强调，缺乏学识自行一套，靠胡乱瞎猜制作出来的东西，终究是不行的。学习中最重要的是要有通过观察名品来学习的态度。当然，这也是我自己制陶的态度。我将自己收集古陶瓷的工作视为学习制陶的过程中最为必要的工作。不看名品而耽于制陶的行为，不正如不读书却想成为学者一样吗？

第五，认真的制陶研究中，重要的一点是，不可一开始就以出售为目的来创作作品。事实上，认真制陶对于制陶者来说并不是一件合算的事情。现代的大多数陶瓷器制作家经济困窘，因此，虽然在作品中努力体现自己的美学意识，但是却还是会推出一些不受欢迎的劣作，究其原因还是在于从一开始就想着要更方便地将自己的作品卖给他人吧。

不媚俗的真正的研究是，不问东西，不论古今，只是纯粹地学习名品的精神，以谦虚的内心构建自己的世界。

这是最为必要的。

在自己的庭院中自己筑窑,就是连同这些事情都不得不考虑的。现在我能够清楚地总结出的这些,可以说是我自筑窑以来历经五年星霜的经验的产物了。

余近来尝试陶瓷器制作的缘由

陶瓷器自古以来在东方深受重视，获得了极大的发展，并且还影响到了西方国家，这一点已无需赘言。而陶瓷器最早发明于中国这一点虽则也无争议，但是到了清朝，其作品中已不再有艺术生命。回溯到明代以前，则蕴含艺术生命的作品颇不少见。在朝鲜半岛则是高丽时代。在我国日本，在濑户的藤四郎、九谷的才次郎们辈出的时代，也诞生了诸多可以视为艺术的作品，在此之后，除了屈指可数的几位名匠之外，鲜少有能看的作品。至于现代的陶瓷器，则处于一种让人叹息的状态，不得不说蕴含艺术生命的作品已然绝迹了。有二三有志之士凭借对于艺术的理解而不断进行研究，但是所展示出来的作品都是未完成的，其尚未触及真正的艺术心境，尚未产生出足以令我们感叹之处。其余均是一些机械性的作品，只是数量庞大，只专注于发扬工艺之美。自古以来，在陶瓷器制作中，极少有见识卓绝之人热衷于亲自与泥土打交道，基本上都是由一些不值一提的人来制作的。因此，偶尔有像光悦、木米那样有见识的人来从事此道，则其作品立刻就成为天下至宝，为世人所重视。可谓是有识之士岂从此道。总之，可以说要让一有识之士来从事此道，还不如让一个人掌握天下来得更容易些。虽是僭越之言，但是还是要说，像我这样学识浅薄的笨人来从事此道，在现代都像是开辟了无人之境。目睹了陶瓷界人才凋零到这种程度，不得不为东方陶瓷的名誉而感到悲哀。我制作陶瓷器当然是源于一种天生的兴趣，但是毫无疑问另一方面也是受到了当下陶瓷界此种缺陷的刺激，这才使得我更加奋起。我在我的窑场旁设立了一个陶瓷器参考馆，将搜集的众多古陶瓷器一目了然地陈列在那里，也是出于想要温故知新，促进陶艺进步的一点微衷。考虑到方便一班同好之人，让他们能够自由观看，所以我不顾越权，将这个参考馆对外开放。但是这原本就是一介贫寒书生的想法，设施之简陋不完善之处，常常令自己汗颜，然此参考馆若有些许有益初心之处，则余愿足矣。

昭和二年

从我的制陶体验看前人

长次郎（安土桃山时代）……日本陶艺史上唯一的艺术家。

本阿弥光悦（安土桃山到江户初期）……多才多艺、具有多方位的艺术鉴赏能力的浪荡子。

长次郎三代道入（江户初期）……道入缺少像长次郎那样的力量感。在丰富性上尤为不如。

野野村仁清（江户初期）……舍弃了模仿中国的陋习，将纯粹的日本美运用到陶器制作上，始终着力于展现优雅绝伦的日本固有艺术的大创作家，是一位峨冠博带也能行动自如的创作家。

尾形乾山（江户初期）……乾山是陶画家而不是陶器制作家。既有优于光悦之处，亦有不如之处。

奥田颖川[①]（江户中期）……颖川的失败之处在于不

---

①奥田颖川(1753—1811)，"京陶瓷"中瓷器的开创者。对"京陶瓷"的发展作出了极大的贡献,在他的影响下,青木木米和仁阿弥道八也创作了不少瓷器。

知日本美学的优雅，而是一味模仿中国。

青木木米（江户中期至后期）……令人遗憾的是木米也不识茶道之美（日本美学），但是又远远没有到其师颖川的程度，发挥了他独特的天赋。（陶艺家）

仁阿弥道八（江户后期）……工匠技艺由此开始。（名家）

永乐保全（江户末期）……（工匠技艺）

真葛长造（江户末期）……（工匠技艺）

如同将自己绑于葫芦花架下纳凉的当下的部分创作者。

我长期以来一直致力于研究制陶，因此，关于制陶也有些许了解，但是可惜的是陶瓷器是相当复杂的，很难用语言轻松表达出来。能够用平易近人的语言来说明陶瓷器的，有最近刚刚过世的大河内正敏、高桥帚庵等人。虽然他们能用平易近人的语言进行详细说明，但是由于他们并没有制陶经验，因此在我看来，这些人的臆测往往让人听了心里着急。这一点正是我等可稍稍为人信赖之处，所以虽说是制陶，但是如果能够同时对各个陶瓷器种类进行研究的话，对于鉴赏古代作品来说是有很多方便之处的。例如，关于釉料，刚才田中先生所说的令我学到了很多，但是说到釉料，如果没有制陶经验，就会有诸如像撒灰之类的奇怪说法。

通过制陶我发现了很多"必须如此"的事情。让人遗憾的是，即使是那样对陶瓷器充满热情，写了很多品评茶器的文章，编撰了《大正名器鉴》的大河内子爵、高桥箒庵等人，由于没有制陶经验，在彻底表达对陶瓷器的见解、陶瓷器的应有状态上，还是有些许的不自如。随着自己的自信心逐渐增强，以自己三十多年的制陶经验来看，不管是对长次郎，还是对光悦，我的看法都与他们有所不同。

说到长次郎，在爱好茶道之人来看，是非常值得感谢的人物。但是我想如果不装在盒子里，而仅仅是把长次郎制作的陶器拿出来放在那里，大概也没有鉴赏家能够一眼判断出那是他的作品。所以，关于长次郎的陶器，大部分人的印象是很模糊的，不管是长次郎的陶器，还是光悦的陶器，他们都只会敷衍两句"太出色了，太出色了""已经无话可说了"。

虽然大家都说"长次郎太厉害了。已经无话可说了"，但事实上并不存在真正让人无话可说的作品。我认为它将来必须是让人有话可说的。不这样的话，我们关于事物的看法就不会进步。关于陶瓷器，原本我在这里也只是谈陶瓷器，如果有人问有名的陶瓷器究竟是怎样的，我们很难给出回答。关于这一点，我长年吭哧吭哧暗中摸索，但最初我也是非常困惑的。光看书，找不到答案。刚开始的时候，看实物也找不到答案，完全无计可施。和我同一个时代有过相似经历的人，现在还有很多，在最初的时候，大抵如是。

长次郎也好，光悦也好，即使是他们制作的茶碗的一片碎片，如果不亲手拿着看一下，就不知道其究竟如何。不亲手拿着看一看，只是一味相信别人说的话是不行的。所以，我们要看长次郎的作品，不是一味地感叹无话可说，而是要更充分地直视它，彻底地了解长次郎究竟是怎样的人物，长次郎制作的茶碗究竟好在哪里，这样到最后长次郎这一人物才会浮现在我们眼前。不要只是一味地去感谢他。不要把那个四五百年前出生于信长秀吉那个时代的切实存在的陶工，远远地供奉着，就像隔着云霞拜金铜佛像一样，而是要更具体地看他，这样才能跟长次郎对话。不想着跟长次郎对话，而是突然无条件地信仰他，陷入到一种善男信女式的信仰中，只是一味地感叹太了不起了太了不起了，这样来看待长次郎的话，长次郎不可能成为你的朋友，与你进行对话。

一直以来人们怀疑陶瓷艺术是否存在，但是我认为它的美和绘画的美是一样的。和拥有艺术价值的雕刻一样，就茶碗而言，就是用泥土做出这样的（用手做出茶碗的形状）形状。人们把艺术之心归结为用绘画来表现花鸟、人物，如果没有美学价值的话，那么不管是陶瓷还是绘画都没有任何价值。但是长次郎制作的茶碗是具有美学价值的。和其他创作者相比，他在这一点上尤为突出。

"关于陶瓷，我是全然不懂的。"

有的人或许会这样说，但是不管是陶瓷还是绘画，其实都是一样的。不懂陶瓷的人，往往也不懂画。不懂画的人去看陶瓷器，往往也看不懂。因为它们都是从美的观点出发被创作出来的，欣赏者如果不能明确抓住这种美的话，就无法明白它们之间有意义的区别。看到南画，就感叹南画，看到木米，就感叹木米，看到保全的作品也好，颖川的作品也好，都只有感叹。这些人对美的感受程度，即使只是问他这种美该如何定位，也很难回答出来。他们看到大观①，看到栖凤②，也一律赞好。问他哪个作品最

---

①横山大观(1868—1958)，师从冈仓天心、桥本雅彦，为日本画近代化的功臣之一，水墨画也独具风格。

②竹内栖凤(1864—1972)，日本画家，京都人。与横山大观、川合玉堂并称近代日本画坛三大家，是京都画坛的领头人，为日本画的近代化作出了很大贡献。

好，却完全不知道。他们似乎安心地认为价格最高的就是最好的。作品价格的确定很多时候是顾及到了目前还活着的人的情面，所以作品好不好并不是光凭价格就能简单确定的。这么一来，事情就变复杂了，但是即使是长次郎，也不要把他想得太夸张，五十岁的人，再活个六七岁，就到了他大展拳脚的岁数。五十岁的人，再活个七岁，也还是很年轻吧。就是最近的事，并不是多么久远的事。把他放在遥远的彼岸，像膜拜霞光万丈的金色佛像一样陷入一种盲目的信仰的话，就会失去自己的眼力，究竟是好茶碗还是不好的茶碗这样真正关键的问题反而被无视了。

说是从前，其实也就是我年轻时候的事。当时京都东本愿寺的法主是一个品行经常脱轨的人，日日在京都的祇园一带玩乐，常常一大早坐着马车回到寺里。说起东本愿寺的法主，人们一般认为他是一个宗教家，但事实上他并不是。现在的和尚总是在供经，或是从早到晚在佛前做事，但是他们并不是宗教学者。我们经常看到本人不是宗教家，只是出生在宗教家的家里，就靠着宗教吃饭的情况。作为这些人当中的一员，法主每天早上都带着脂粉的香气，从祇园的街道坐着马车威风凛凛地回到寺院中。善男信女们不知这些，数十人跪在本愿寺前，也不看法主，只是跪拜着，感谢着。有些人虽然知道法主的真实情况，但是他们在看茶器时却存在着和那些善男信女一样的倾向。当他们看到茶人在茶室中拿着光悦或道入制作的茶器时，就会发出近乎滑稽的"是是是"，最后就只会说"实在太难得了""这个高足茶碗实在无话可说""这个茶碗的口沿真是做得无话可说"。

就只有无话可说，无话可说。明明是可以说什么的。但是他们从一开始就认为这是如此难懂的东西，同时在茶道上他们被教育要这样来看待事物。很多茶人式鉴赏家是通过"古董商教育"而记住了大概。古董商为了把东西卖出去往往会死记硬背一些必要的知识。古董商口吻就是使用固定的语句，不管是谁的作品都用相同的话来评价，来让别人佩服。

"这个茶碗的口沿怎么样？"

"道入施的釉料很特别。这在其他人制作的茶碗上是看不到的"，或是该类作品在长次郎的作品中并不多见，但还是照旧说"长次郎的这一点非常好"。等看到光悦的作品，就说"这是光悦独有的"。或者说"怎么样，这独一无二的釉色……"等等。古董商总是煞有介事地说着一些原本没什么了不起的事情。这是真实存在的。绅士淑女们总是无条件地记住了他们所说的话。当下艺术中有一部分已经广为人知，但是那些还不了解艺术研究关键点的茶人们和高桥帚庵们一样，他们感兴趣的是那些与艺术毫无关系的事情。用无聊的浅见来说明茶碗好在哪里，或是讲述关于该茶碗的传说，说什么都是一种古董商的口吻。如果是自己的所有物，我们一般都会问"这个紫地金纹茶器袋的出色之处你怎么看"之类的话。虽然问的是你怎么看，但我们知道紫地金纹茶器袋出色其实是因为布上有金色花纹，时代久远，谁都会认为是好东西。对此，茶人鉴赏家们会故意夸张地说诸如"这个在其他地方是看不到的"之类的话。或是说一些诸如"使用这么多泥金来描绘花纹的，还真是很少见啊"之类的话来博人欢心。像这种尽是靠传说来判断事物的方法，在我们看来，是不太可取的。

我上面说了很多关于"古董商教育"的坏话，我也常在想，像益田钝翁那样买了那么多名器，从不使用赝品的人却还是不懂艺术，这又是怎么回事呢？原因在于他没有在根本上接受艺术教育。拿西洋画给他看都说看不懂啊。

他毫不顾忌地说"我不懂西洋画"，但其实这是不可能的。只要是艺术，就是产生自人们的精神、美学趣味、思想，所以我认为无论哪种艺术都可以用同样的方法来理解。

说得有点跑题了，还是回到茶碗上来。还是说我写在便条上的长次郎。说到长次郎的好，人们往往会说他的作品具有艺术上不可或缺的高洁气韵，拥有一种温暖的特质，没有丝毫违和之处，有一种堂堂正正的威严感等等，但不管是绘画、雕刻还是建筑，那些有名的艺术都具有这些特点。而长次郎，他生活于信长时代到桃山时期，是近世之人，虽然值得尊敬，但是也没什么了不起的，如果我们看过更古老的弥生时代的陶器，就会发现其天真的巧妙、线条的美妙都是非常了不得的，有着一种从容不迫的大器量，从这一点上来说，即使是长次郎，他的作品中也依然带有后来人的造作，而茶碗则属于一种高级的造作。不管是什么东西，只要是人做的，就不可能没有造作的一面。

把长次郎的作品给那些一知半解的人看，他们往往会说"有种造作的感觉"，或者是"这条山道很奇怪。不这么画，画成直的会更好"等等。有人说要向右画，有人说要向左画，但不会是直着画更好，即使是有高低不平之处，也不一定就是不好。这些都是由人创造出来的，每个人都有自己的做法。这种造作反映了什么，这才是问题。只是造作也分为好的造作与不好的造作，我认为好的造作的就是名作。从这个意义上来说，长次郎的茶碗并没有什么可挑剔的地方。但是，这是室町、桃山时代的好处，使他的作品外观上拥有一种丰富性。时代就是越往前越好。这当然也是有限度的，但是就艺术来说，千年前产生的好东西比五百年前的更多，两千年前比一千年前产生了更多有气势的、出色的美物。总之，美，如果不是往遥远的古代回溯，就找不到卓越的美。在这一点上，我将长次郎列为个人创作者的第一名。

另外要补充的是，茶碗只是那么点大的一个工艺品，没必要再进行画画、染色、描金等复杂的工序或做相关的研究。只需要做出这样（用手做出茶碗的形状）简单的东西，在其中加入精神和高雅的趣味即可。如果是绘画的话，就不能这样了。必须要研究很多东西。不能像做茶碗那样简单。所以就是一个叫长次郎的人，被一个爱喝茶的人拜托做茶碗，然后他就做了，由此而产生了极其简单的茶器。在创作这样简单的东西时，能够聚精会神，心有感悟，这是长次郎的天分，也是他的伟大之处。

很多书上都写着利休曾指导过长次郎，但是我认为利休这一人物也并不像世间所传言的那么伟大。从利休的字迹来看，他应该是一个相当顽固的人。同时，因为很能干，所以有强加于人的一面。是一位精通世故的善书之人。利休无疑让人感觉是一位非常利落可靠的人，是一位过于利落可靠的人。但是，再看长次郎，怎么也没有一种利落可靠的感觉，而是一种温暖、恬静、能够轻松相处的感觉。但在气势上是不逊于利休的。在朝鲜的茶碗中，有一种叫做井户茶碗，井户茶碗好在哪里呢？在于它品格高，有气势。别的茶碗即使是名作，也总是给人一种轻飘飘的感觉，而这一优点使得长次郎足以稳居个人创作者的第一名。说利休指导了他，大约指的是利休需要茶碗，就跟长次郎说能帮我做这么大这么高的茶碗吗。因为这些茶碗是利休自己用的……但是，要说长次郎的茶碗是在利休的指导下制作出来的，这应该是不可能的。人的力量并不是靠指导就可以那么快理解的。用菜园来做比喻的话，教育就相当于是肥料，俗话说瓜蔓上结不出茄子，不管施多少肥，瓜变不成茄子，茄子也变不成瓜。只不过是会结出比一般稍好一点的瓜罢了。

通过施肥，可以得到的只是"这茄子真水灵"这样的结果。人也是如此。教育可以说是人的肥料。所以，就人而言，受过教育的肯定比没受过教育的好。但是，就算是受过教育，也绝不可能出现瓜变成茄子的事情。所谓天才就是生来具有某种卓越才能的人。天才也可表现为个性，而说到个性，每个人都有不同的个性。大小，高矮，有各种不同的性质。但是，生来是茄子，那么，除了成为茄子，别无他法。而要成为高品质的茄子，就要通过学习。这就是我所说的个性的发挥。说长次郎在利休的指导下创造出了出色的茶碗，这是不理解艺术的人才会说的话，需要坚决予以纠正。绝非出自利休之力，而是长次郎天生的高超的艺术天分，在利休稍微提示之后，就创造出了利休所设想的乐茶碗。从利休制作的茶勺也好，从他砍断的竹筒的砍口也好，都看不到长次郎身上那种沉稳。归根到底，利休身上有霸气，但是没有那种悠然自得的丰盈。我想正是这种性格才得罪了太阁大人①吧。

接下来是第二代常庆。我没怎么看过他制作的实物，所以也不好评价。《大正名器鉴》中有照片，我所知道的也仅此而已，但是从照片来看，很符合那个时代的特色，有着桃山时代独有的丰满，胎体很薄，整体却显得很有力。但并不具有长次郎作品中的高洁、气势和沉甸甸的感觉。桃山时代是一个崇尚丰满的时代，所以才会出现像这样器形磊落的茶碗吧。尤其是他的前一代是长次郎，所以作为后来人的工作就比较容易了。

---

① 即丰臣秀吉。

再接下来是道入和光悦。光悦在巧妙出色的风雅情趣上要更胜一筹。我认为他极有可能是一个热爱美食的人，但是这一点却不为人知。像他那样兴趣广泛的人，如果不是爱好美食之人，实在是太说不过去了，但是却没有听说过这类传闻。所以也有人认为他或许并不是个美食家，他所创作的都是茶碗，而没有食器。如果是爱好美食之人，肯定会想要制作食器。因为要好好享受美食，必须要有好的容器来盛它。即使是喝茶，放在名器中做出来的茶，除非是那些完全不长眼的人，只要是了解名器的人，谁都会认为盛在有艺术价值的茶碗里的茶不是寻常的茶，从而倍觉珍贵。我认为当下茶道流行正是源于这种魅力。但是也有人用商场售卖的那种工匠制作的粗制滥造的茶碗来开茶会，那样的话就不可能从茶碗中学到任何东西。从一个名茶碗中可以让人学到多么高雅的情趣啊。它能够让人感到珍惜。假设是常庆的茶碗，那么我们就可以从中观察常庆其人，想象他的情趣，推测他是一个我们很少见的人物，是具有强烈的人格魅力的人，从中学到很多东西。用无名的粗陋的茶碗喝的茶，在名古屋一带，在菜店门口之类的地方都可以喝到。用这种粗陋的茶碗喝茶，除了满口苦涩，再无其他。还有用咖啡杯喝抹茶的人，对于他们来说喝茶就仅仅是喝茶，那也是没办法的事。即使不是长次郎或者光悦的茶碗，仅仅是勉强算一流的茶碗也可，但必须是被称为名器的茶碗，放在精心布置的茶室中，挂上能够令人感动的画轴，配上名釜，炉缘也要好的，这样一来，就可以理解茶的功德了。

不这样做，而是用近来那些末流茶人所用的茶碗的话，是做不出真正的茶的。只是把茶粉搅拌搅拌喝下去而已，学不到任何东西。如果仅仅是为喝而喝自然没问题，但如果认为这就是茶道，认为这样就证明自己有高雅情趣，那就大错特错了。

光悦出生于专门从事刀剑鉴定的家庭，所以也是相当有底蕴的家庭。他是个和尚，擅画，善书，聪明灵巧，兴趣广泛，所以就想着要试着做做茶碗。那个时候，他身边已经有了榜样，长次郎、常庆、道入等人已经名噪一时，所以作为一个生性聪明之人，能做出那么多茶碗，也是在情理之中了。但是，他并不是一时兴起做这件事，光悦是一个能够认真做事的人，所以这对他来说也是最适合的工作吧。但是，从长次郎、道入等人的作品来看，光悦的作品在格调上要低很多。总是感觉气势不足。但即使如此，他会刀剑鉴定，也被人称为善书之人，还能画相当不错的画，也会描金。看他在螺钿中嵌入铅，制作用珠光贝和金粉描金的砚台盒，也都是充满艺术感的。但是，光悦也有光悦的造作之处。他的作品广受好评。如果再做得过头一些，就不再是光悦了。而变成了专门的工匠。可以说，还不至于到那个程度，这正是光悦的长处。而且，年代也具有巨大的力量，这也是比不了的。像真葛长造、永乐保全这些人，生活在德川末期，生活的年代给他们带来了巨大影响，所以不管是多么有天分的人也创造不出出色的作品。木米如果生活在桃山时代的话，应该能够创作出更丰富的作品吧。他也会了解日本情趣吧。

野野村仁清让人佩服之处就在于，他生活在那个时代却能够不受中国和朝鲜的陶瓷的影响，他创作的作品还把中国、朝鲜的陶瓷比了下去。这也是个天不怕地不怕的人物。而他的专心致志之处最为可贵。仔细看他细细描绘上去的花纹，可能也有他生活的桃山时代的影响，是非常丰满的。他从庆长时期的织物和印染中巧妙地选取纹饰，端端正正地加于陶器上，既不依赖于中国、朝鲜的陶瓷器，也和日本的九谷瓷①、伊万里瓷②全然不同。他的作品在根

---

①在九谷（现在的石川县加贺市）生产的瓷器的总称。
②经肥前国（佐贺县）伊万里销售出去的瓷器的总称，以有田瓷器为主，曾远销至欧洲。

底深处有庆长艺术的影子。那时在匠人的工作中特别出色的有伊豆藏偶人、嵯峨偶人等，嵯峨偶人有非常了不起的地方。将嵯峨偶人中优秀的作品与仁清的作品相比较，会发现仁清远远不如。在打动人心这一点上，嵯峨偶人要好很多，而且做得非常美。

陶瓷器需要借助火的力量，所以这里面有着人力所不能及的一面。上面画的画也是要经火之后才会变得更加鲜艳。在借助自然力量这方面，陶瓷器是得天独厚的。因为陶瓷器不经烧制就无法成型，所以别的艺术形式并不是不能借用这一方式，但是对于陶瓷器来说还是非常有利的。即使是现在，我们夏天去镰仓海岸附近时，也能够到处看到有人在粗陶上作画的情景吧。自己画的看起来就是好。对于绘画的人来说，画还是生的，不能够直接借助自然的力量。当它经过千年风霜，变旧之后，变得古香古色，那时候就会比它刚画好的时候好很多。这就是自然的力量。古旧的东西看起来好，就是因为有自然的力量加诸其上了。一些人力不能及的东西，越是年深月久，就越好。例如，像陶瓷器这样能够借助自然力量的东西也是越古老，就越容易出现包浆、斑点，变得意想不到的好。

这一点对于仁清来说也同样是有利的，我手上有一些仁清画在纸上的画，盯着看一会，虽然把他说成画师很失礼，但是在他的画上，有着像古径①这样的画家所力不能及的高明之处。在被称为名家的人当中，特别让人佩服的是，像光悦这样只是作为爱好当然无所谓，但是像仁清这样将制陶作为生意的人，画画画得那么好，却没有成为画家。乾山②比起兄长光琳③更多才多艺，能够画出充满男性力量感的画，但是他也没有成为画家，而是因为喜欢就专注于制陶了。木米也画得一手出色的南画。这一点广为人知，而且他的画也常被人高价买走，但是他如此擅画也还是没有成为画家，而是成了一名陶器师。从生意上来说，这当然是得不偿失的。画画看起来更

木米作　仿黄交趾陶酒盏

---

①小林古径(1883—1957)，日本画家，出生于新泻县，创立了融合传统大和绘的新古典主义画风。

②尾形乾山(1663—1743)，日本江户中期的陶工、画家，出生于京都。画家光琳之弟。其制陶方法学于野野村仁清，作品上的绘画格调高雅，独具特色。

③尾形光琳(1658—1716)，日本江户中期画家，出生于京都。乾山之兄。其绘画初学狩野派，后来受到光悦、宗达等人的绘画风格的影响，开创了日本绘画史上独特的琳派绘画风格。其绘画大胆潇洒，极富装饰性。

体面，或许也更赚钱，但是他们还是没有成为画家，而是致力于制作陶瓷器。我认为以玩的心态投入地去做一件事会产生好的结果，好的陶瓷器之所以能够创作出来，原因正在于此。对于他们来说，制陶是爱好，是玩乐，而且他们的出身都很不错。光琳出身于和服商之类的富裕家庭，据说父母过世之后，乾山、光琳两兄弟就平分了家产，所以家境应该是比较富裕的。他们这些人肯定是在富裕的环境中成长起来的。可以说是出身很好的人。所以才能够完成那样丰富的工作，创造出那样闲适的美。木米的老师颖川也是京都的一家当铺的少爷，他擅画，但只是将画画当做一种乐趣。他烧制赤绘。虽然烧制的赤绘并不多，但是从魁升等作品可以看出技艺娴熟，所施的铁锈釉也是充满了少爷气的优雅，所以他的作品没有那种寒酸的感觉，充满了力量。他是木米的老师，据说也有很多弟子。他是这样的人，原本就不是工匠，也正因为他不是工匠，所以才能够做出那么多流传后世的陶瓷器。但是，与仁清将中国撇在一边，专注于制造日本的陶瓷器不同，魁升等陶瓷器上体现的却是完完全全的中国情趣，虽然这是时代的原因，是无可奈何的事情，但是还是要说颖川他不懂日本。青木木米也不懂日本。从他们的作品中看不到任何日本情趣。由于身为日本人，所以在他们的作品中，还是有某些日本人的味道，但是像木米这样的人既不懂日本的茶道，对于古代的日本书画也不感兴趣。这都是赖山阳等人之过，是他们一味宣扬中国之过。在文化①、文政②时期存在着强烈的中国崇拜，正如当下人们崇拜美国一样。所以，日本的茶道在那时已经衰落了。人们认为写的若不是像中国那种端端正正的字体，就不叫字。像山阳那样的字体，在旅馆的账房等地随处可见，但是直到最近还是有人把那样的字镶嵌起来当做宝，想想也是令人遗憾。山阳无疑是一俗物，会写几个汉字就有多了不起似的。如今，人们看到会外语的人就觉得很了不起，处处高看一眼。这和人们高看赖山阳是一个道理，而且他还写了《日本外史》之类的书出了名。颖川等人崇拜他，受到了极坏的影响。像竹田，能画那么好的画，如果一开始就有日本情趣的话，肯定会留下非常了不起的画，可惜的是他也是一味地崇拜中国。中国没有像日本那样的优雅和人情味。虽然都是以中国为摹本，但日本人在以中国为摹本进行模仿时，往往会比中国做得更好。我们把历史往前看，像镰仓木雕近来备

---

①江户后期光格、仁孝天皇时期的年号，指1804—1818。
②江户后期仁孝天皇时期的年号，指1818—1830。

受关注，但是买的人和卖的人都认为是先有镰仓这个城市然后才有镰仓木雕的，但其实这是在宋朝盛行的工艺，一层层涂上大量漆之后再进行雕刻时，就能在雕刻处看到漆的层次。一个叫做杨成的人用这种方法雕了一朵牡丹，非常精巧，日本人看到之后深受感动，于是也尝试用相同的方法来雕刻。不过，那个时候的日本人也只是在模仿。日本人不太了解一层层刷漆的手法，也不擅长做这个，非常费工夫，于是他们就想，先把牡丹雕好再刷上漆不也一样吗，所以就这样进行了模仿。这种模仿，如果是中国人做的，可能一钱不值，但是因为是日本人来做，所以从中诞生了非常了不起的艺术。在今天来看，比起原本的参照物，仿照的东西更好。有着茶人们所说的"无话可说"的韵味。正是这种独特韵味让镰仓木雕名盛一时，但是现在有些人认为镰仓木雕只是因为是在镰仓雕刻的所以才叫镰仓木雕。

再说到著名的乾山，因为人们常说这是乾山的作品，所以都会认为他是一名陶器师。但是我因为有自己制陶的经验，所以可以说乾山他并没有制陶。因为他擅长绘画，所以经常在四方形的盘子上作画，那就是粗陶。大家都对此非常佩服。他的作品设计比较时髦，很多都是模仿了荷兰瓷器，所以在当时乾山的画道就有了近代的感觉。前些年有人大肆宣扬展出毕加索的陶瓷器，但是毕加索的画跟陶瓷器没有任何关系。只是在工匠烧制的素胎西式盘子上画上画而已。就我所见，他们根本没有跟泥土打交道。所以，这种可称之为毕加索的陶画，但是不能称之为陶瓷器。乾山也是一位陶画家，称之为陶器师就有点奇怪。如果要问乾山是什么人，我想应该称之为陶画家。但在陶瓷器制作上，他似乎也有些许用心之处。像根津美术馆收藏的画盘，是先让工匠做好盘子，然后再用拇指轻轻摁。这样一来，陶坯就变得凹凸不平了，乾山的生命也稍稍融入其中了。那个画盘非常有名。确实非常好。将别人制作的陶坯在还没有变硬的时候用手把它弄得不平整，就这样乾山的生命便融入其中。但乾山常常只是在四方形的盘子上画上画，这样的东西和乾山是没有任何关系的。盘子的底部却还写着乾山的字。那个博物馆里还收藏了乾山写得不好的字。乾山没有真正学过书法。良宽①是真正学过书法的，但是这种痕迹在乾山的字中完全看不到。他所模仿的

---

① 良宽（1758—1831），江户后期的歌人、书法家、禅僧（曹洞宗）。善书擅诗。生前不为人所知，在明治末期到大正年间受到很高评价，方为世人熟知。

对象也是半桶水。所以他的字没有像良宽那样的出色之处。但是，他是个精力充沛的人，在很多盘子上都写了画赞，不过都写得干巴巴的。可惜的是，他不大亲手与泥土打交道。一些陶钵上的画画得很不错，画着诸如女郎花、桔梗之类的。长尾钦弥先生手中的陶瓷器上，乾山画了花纹，又做了透光处理。我们时常可以看到一些陶钵上随着所画的画不同，开了一些三角形或四方形的洞，可以看到盆子里面的样子，但是这些洞虽然是乾山自己做的，练泥拉坯的工作肯定不是他做的，还是让工匠做的。上面的凹凸不平之处随着纹饰令沿口变成锯齿状，但是翻过来看，它的底足并不是高足。因为这个陶坯是工匠做的，所以乾山也没有办法做大的改变吧。如果我在他旁边的话一定会提醒他的……他是如此地远离泥土。他的作品很多，却没有烧釉的，大多数都是粗陶。不过，仅就画而言，他的画不说高于光琳，至少也是毫不逊色的，乾山的画是非常豪放，充满男性特质的。从性格上来说，弟弟更具有男性气质，而哥哥光琳相比较而言就偏于女性化。一个是画了很多画的青史留名的画家，一个是名垂青史的陶工。

接下来是奥田颖川。刚刚也说过了，仁清是舍中国而就日本，而颖川虽然是当铺的少爷，确实完全舍弃了日本

而只取中国。取的还是粗陋的便宜货赤绘。站在今天来看，这是他的失策。可能也有人会使用颖川的盆子吧，但

颖川作 赤绘平钵

是把它放到茶会上就太僵硬了，不相匹配。虽然他的陶瓷器技术熟练，让人佩服，在韵味上却有所不足。

仁阿弥道八出于兴趣雕刻了很多偶人、猫、大头娃娃等，做得非常好，可以说是一个偶人制作师。那时候，木雕家里面有五郎兵卫等人，但是都没有仁阿弥雕刻得好。虽然是陶器师，却雕刻得如此出色。但到了仁阿弥道八，这些就变成了工匠技艺，不能再归入到之前所说的艺术家之列。因为是技术高超的陶工，所以道八留下了很多出色的作品，比如云锦纹钵。他做的东西有大有小，有彩色的，也有不上釉的，但都没有特别值得重视的作品。不过他的作品因为明白易懂，所以世上多有喜爱之人。这是面向大众而做的，在格调上就比较低。光悦也是如此，他那么有名，既是因为他水平高，也是因为他的作品面向大众，通俗易懂。不是那么阳春白雪的东西。长次郎的作品就很难被人理解。而且他的陶器上又没有画画，只是一个黑乎乎的茶碗，如果不是盛在盒子里，也没有其他标记的话，很少有人会在看到这个茶碗之后觉得好。盛放这些茶碗的盒子上写有很多关于该茶碗的制作时代和历史，所以很多人会立刻拿出大笔钱来买入。这些东西如果摔得粉碎了就一文不值，但如果是完整的，那就价值数百万日元了。就算是用金子来做这样一个茶碗，按目前的金价，有个五十万、一百万日元也就能做出来了。而泥土做的茶碗，比起金子做的茶碗要贵很多。

如果长次郎用金子来做茶碗的话，那也应该是很好的吧。肯定会有人将其视为珍品，比起泥土做的茶碗，价格会更高吧。器形又好，又是金子做的，不管是造型，还是韵味，都会是非常出色的吧。而且，金子做的话，就算破了碎了还可以做其他东西，但是泥土做的话，摔碎了就一文不值了，再加上用金子做的茶碗不常见，所以应该会价值数百万日元吧。

归根结底，艺术的力量是不容小觑的。就算是泥土做的，如果是艺术家创作的，就会这样广受好评。但是，这些都是由人创作的，所以创作者本身就必须是出色的人。

创作者必须是艺术家，具有高尚的人格。必须是具有高级情趣的人。如果创作者不具有这诸多的条件的话，那么他创作的东西就不具有价值。关键还是在人。

还有一个是时代的问题。不管是木米、颖川，还是道八，他们都出生于室町时代，当时社会环境良好，他们才创作出了好的艺术品。到了德川末期，社会环境很差，所以除了浮世绘之外，没有什么值得称道的艺术。像狩野派画家之类的，完全不值一提。

到了德川末期，出现了一个叫做永乐保全的人。此人十分手巧，他使用描金等方法，在作品中大量使用金子来进行装饰，创作出的作品也非常出色。但是出色归出色，其作品本质上仍是一种工匠技艺，我们之所以认为永乐的陶瓷器可有可无也正是出于这个原因。不过，因为这种陶瓷器很漂亮，所以连同他的子孙制作的陶瓷器在今天也依然很流行，被大量制作出来。

至于像真葛长造等人，比起永乐又更不如。他好像到过东京，也到过横滨。这些都是时代更近的人，其作品也不足为道。不过他们的作品比起今天五条坂的工匠们做的陶瓷器还是要好一点的，更有情趣，也有纯粹之处。但是在天分上有很大不足。

从我的制陶体验看前人／

在这里说别人的坏话可能不太好，不过最近出来一个民艺派，他们主张一切创作仅限于民间艺术。但是，很少有一种东西可以说一切限于某物。这么主张的话，就被拘囿其中，失去自由了。意识形态对于某些事情来说是好的，但是我认为把视野放得更宽，能够自由自在地行动则更好。那些说茶碗只有道入的好的人，在我看来就如同把自己绑在葫芦花架下来纳凉的人。要纳凉，光着身子躺在席子上就能感受到凉意。因为自由，所以能够感到凉意。但是，就算是在葫芦花架下，如果被意识形态束缚着，就无法感受到凉意吧。所以我认为有必要让自己不受束缚，处于自由的状态中。

不好意思说了这么多东拉西扯的话。我所说的，如果是制陶之人听到的话，大概能供他们做个参考，不过，对于像诸位这样的鉴赏家而言，可能并没有什么作用。不好意思让大家听我一个人唠叨了这么多。

　　　　　　昭和二十八年　于东京国立博物馆讲堂

致有志于成为陶艺家的人
——关于艺术中人和作品的关系

我受到邀请做一场关于陶瓷器的演讲，但是不知道该谈些什么。

我不知道学校方面有什么希望，期待我讲些什么，因为日本和美国习俗不同，所以我真的不知道该讲些什么。

特别是像我制作的陶瓷器，在日本国内也只有我自己一个人那么做，品味也较为奇特，并无相似的例子，所以即使是在日本国内，我也不知道该怎么向后辈讲述，更何况是在国情大为不同的美国，我很担心我所说的意思究竟能不能为大家正确理解。

这是因为我所制作的陶瓷器，几乎完全不用机械，而是作为一种心的艺术，只依赖于内心的美学，常常以艺术的眼光看待自然之美，并将其视作母体，视作良师，从中学习，以求制作出以艺术价值为最高目标的陶瓷器。

机械所做的工作仅仅是一种机械工作，我认为想通过机械来创造艺术的想法近乎妄想。

总之，陶瓷器也跟其他艺术一样，如果不能打动人心，不能深入人心，就是没有价值的。

环顾任何绘画、雕刻的作品，只要是地位崇高的名品，无不是能够打动人心，促进人心的进步的。就陶瓷器来看，我们放眼世界，会发现大概五六百年前创作出来的古典陶瓷器，都拥有艺术生命。在日本也是如此，距今三四百年之后出现的陶瓷器，除了两三个个人创作者，如大家所熟知的乾山，或是光悦、长次郎的茶碗，仁清、木米等人的制作之外，基本都是工匠所作，看不到什么艺术性的作品。

这一点，在中国、朝鲜也是如此。在距今三百年往后，多是一些低级的徒有其表的东西，真正能够打动人心，令人心神愉悦的佳作，即使偶尔得见，整体来说也是几近于无了。

我想欧美各国也是如此吧。今人重视机械的作用，而古人只以心灵之美为食粮来创作，我想这就是两者在心灵上的差异吧。

像那些价格必须便宜的日用品，按各国现行的方法来制作，使其发挥日用品的作用，这一点完全无可指摘。这部分完全可以顺其自然地发展下去，但如果是想要入那些有高级情趣的人的眼，或是更进一步拥有纯真的艺术创作灵魂并以此来制作陶瓷器的话，那么首先就必须要无视机械的作用。极端一点来说，可以认为所谓的机械文明与我们所向往的艺术之心是全然无关的。

简而言之，我们所思考的艺术，完全是心灵的工作，光靠理智、理性的发展是没有用的。

像目前日本所制作的陶瓷器，不管做得多么精巧，也只是低等的日常食器，只是单纯的厨房用具。他们仅仅关注于要畅销，所以要大量制作。因为他们把这个当做生意，只关心经营上的事情。

之前在美国各地举办的日本古艺术展，似乎受到了很高的评价，我认为那也是理所当然。因为好的东西在任何人眼中都是好的，只要不是思想不正、情趣异于常人的人，看到美的东西当然会认为那是美的。只是因为不常见，所以有时候会突然无法理解。这一点在陶瓷器上也是一样。严密关注那些名品、高级的东西、被认为古艺术价值高的东西，不断进行比较研究，自然就会明白。

据说美国是从日本艺术开始衰落的300多年前开始发展起来的，正因如此人们的眼界也好，内心也好，思想也好，都是比较新的，所以陶瓷艺术也如春天的草木之美一般迅速发展起来了。在艺术的历史上，美国可能是落后于日本的，但是百年后的美国也许会发展出令人惊讶的艺术文化，涌现出足以震惊世人的伟大作品吧。

听说在日本古艺术展上展出的作品都不适合那些欣赏能力低的人，都是一些颜色暗淡的东西，极少有那些红红绿绿，颜色花哨，为那些鉴赏力幼稚的人所无条件喜欢的东西，但是有不少人都能理解这些作品，这是源于美国人纯朴的直觉力。作为日本人，我对此感到不胜欣幸。

在绘画上，听说几幅像雪舟的画那样只有黑色的水墨画受到了赞美，对此日本人都很惊讶。即使是在日本，能够欣赏水墨画的，也仅限于欣赏能力特别高的几个人。突然听说美国人也称赞水墨画，知道并不是只有浮世绘才符合美国人的喜好，作为日本人来说，这是非常令人愉快的。

从这些情况来判断，陶瓷艺术为人正确理解的日子也为期不远了。远离机械文明，源自创作者内心的制作，加入了火这一自然力量的精致之美，这些如果能够得到大众的理解的话，就能够真正发现生活于和平中的人们的幸福吧。

但是，制作者也好，理解者也好，关键都是在人，所以首先必须要提升人的教育水平。

日本现在也缺少这样的人，具有欣赏价值的陶瓷艺术处于停顿状态。特别是充满苦难的战争悲剧使所有人都变得轻率浮躁，在所有工作上都接连犯错。更何况制作陶瓷器的人，大多是一些受教育程度很低的人，所以目前暂时还无法期待能够出现青史留名的作品。

在这样的情况下，像美国这样，从还没有染上任何色彩的白纸中开始发展起来的国家不是反而更值得期待吗？

即使如此，要成为创作者，必须要提高美学教养，有高超的欣赏美的能力。必须对美有一种敏锐的眼光。现今的日本都是一些不合格的人，处于一种实在令人叹息的状态。

同时，想要成为创作者的人，对于全世界的古艺术、近代艺术都要有一种敏锐的眼光。在浑浑噩噩者居多的今天，这一点是我一直强调的。

认为自己是陶瓷器制作者，所以只关注陶瓷器，不关心其他艺术的话，最终只能成为一个工匠。

必须要探究美，热爱美，将美融于己身，不停地与美亲密接触，才能拥有艺术家的生命。这就如同热烈的爱情。

我还想提示一句的是，制作者都是通过绘画来表现陶瓷器的。其次是要亲手从泥土开始制作。当你这么做的时候，只需要看陶瓷器上的绘画，就能知道这个陶艺家程度如何了。

正如我刚才所说，我相信，所有陶艺家在摆弄泥土之前都将通过画画来制作陶瓷器视为最重要的工作，在这方面取得成功之后再来做练泥拉坯的工作也绝对不晚。

此外，还需要模仿从古代流传下来的众多陶瓷器名品。需要像疯子一样全身心投入到工作中去。在这样不停的学习中，个性将会得到展现，该人独有的、属于他自己的艺术也将会诞生。

只有这样，才能产生坚定的信念。软弱将会消失，只留下强大。软弱的艺术，不管什么人看了，都会觉得有所不足。只有顽强地生存着，才能创造出强大有力的作品。强大有力、规模宏大，这是我一直所期盼的。

徒有其表的美丽设计，在今天很容易流行，但我不愿去关注那种流行，只想将内容之美作为主体。

像假香水的瓶子那样，瓶子的设计、标签都美得令人吃惊，但如果里面装的香水与广告宣传的不一样的话，那也是徒劳无功的。正如香水必须靠它里面的东西来说话，对于艺术来说，内容就是生命。内容没有价值的陶瓷器，比如日本的那些以维持生计为目的而创作的作品，不能让人发自内心地赞赏。我的这种指责不仅仅只是针对为维持生计而制作的陶瓷器，也是针对当下整个日本的陶瓷器制作现状的。

中国和朝鲜都具有艺术之美的时代，也是在四五百年之前。今天国外的各个国家也都没有出现可以称之为新作品的东西。

今天创作出来的东西，将我们和时代密切联系起来了，所以很容易理解，也很容易发现其长处和短处。如果只是赞美长处，嘲笑短处倒也罢了，但是这种长处往往很轻率地就成为一时的流行。历史上遗留下来的名品与此大不相同。由于时代的差异，不是每一个人都能对以前的东西感到亲近，但是有心人不可对千年、两千年前先辈们留下来的所谓的古艺术视若不见，或者毫无关心。

不管是多么伟大的艺术，创作者和我们一样都是人，只是他们生活的年代比我们早一点，他们的目标与我们有所不同，这也是今天我们所比不上的地方，但是那些创作者们也都是人。他们只是因为生活在一千年、两千年、三千年前，就创造出了伟大的作品。

这是因为古代的创作者，他们的生活中没有勉强，大自然的美对于他们来说就如手中拿的球一样清晰可见吧。想不到现代人不再观察大自然了。这说明人们已经不再感动于自然之美的伟大了吧。

如今，日本的画家们也不再知道大自然所拥有的惊人美丽。虽然也有人画山水画，但是他们只是凭着对构图的兴趣在画，而不是在探求自然之美产生的明确答案。只是对传统的简单模仿，与猴子模仿人的行为并无二致。正因为如此，我不得不遗憾地告诉大家，当今的日本没有山水画家。

至于陶艺家，比起画家，不理解美的人更多，所以没有人去谈论美，探究美。处于此种状态中的当下，除了少数几个个人创作者，陶艺家整体的艺术眼光越来越低下，只是一味地堕落、污浊、糟蹋，艺术的世界已丢脸至极。

接下来应该是革新的时代吧。再没有改革家涌现的话，就真叫人担心了。能够打破现状的人，意志强大的人，致力于探究美的生活、永无止境地爱恋美的人。

人要创作，就需要人。没有人，是无法创作的。在制作陶瓷器之前，首先要培养自己。名品是由名家创作的。

不致力于将自己培养成这样的人，只是一味地做，那是愚蠢至极的行为。

微不足道的人做微不足道的事。出色的人做出色的事。这是肯定的。

关键是要把自己培养成为那样的人，然后在工作中严格要求。希望大家记住，把自己培养成为那样的人，是取得作品成果的基础工作。

    昭和二十九年 于纽约州立阿尔弗雷德工艺大学

触动灵魂的美

只凭陶瓷器，是无法理解美的。我们只有了解了所有事物的美，才能通过它理解陶瓷之美。真正理解，也就意味着真正沉醉其中。

能否真正沉醉其中，这是个问题。如果即使是对一些粗陋之物也能沉醉其中，那么就是理解了其中的独特风格吧。很多时候，人都是被动的。多是被他人的语言带入其中。甚至有的时候看不到美，只看得到钱。或者是一半看到美，一半看到钱。

每个人的眼光都是各有不同的。人们只能理解自己能力范围之内的东西。所以，如果一百个人当中有一个人拥有伟大的评价能力，那么剩下的九十九人所看到的美就是无用的。总之世上多是胡言乱语之人。即使自己并没有那样的感受，也还是会胡言乱语一番。

我们在欣赏事物之美时，是仅仅用于满足自己的眼睛呢，还是将其视为自己心灵的朋友呢？如果是要作为心灵的朋友，那么就必须要有灵魂与灵魂的交流。如果能够做到这一点，那么就是真正的心灵的朋友，是天堂。正如近来那些将绘画视作消遣，以迎合顾客爱好或参加展览会为目的的创作，是没有美感可言的。如今的绘画再没有那种深入人的灵魂的能力。

作品是在专注中被创造出来的，如果是在无我的境界中创造出来的作品，就会具有打动人心的力量。但是无我的境界是很难达到的，需要修行。许多人是在虚荣心的作用下去创作的。这样不可能创造出真正好的作品。佛教绘画作为信仰的对象，最初是没有落款的，后来才出现了落款。

燿变辰砂釉花瓶

这么一来，就失去了信仰的崇高性，而沦为一种玩物。自己竭尽全力所说的话，总是与世间相反的。艺术界有一种说法叫做发掘。我希望发掘出令我们意想不到的东西。在那些发掘者中，有很多是看不到美，只看得到钱的人。这是不可以的。

在全是好东西的店里面，要找一件好东西是很容易的。在一堆便宜的东西中还要继续还价的人，在本性上就是吝啬的，是收集不到好东西的。

锅岛①、柿右卫门②的作品具有工艺艺术的优点，但是欠缺精神力。就这一点来说，古九谷③有一种玩乐的气息，很有艺术感。全然忘我的创作中融入了创作者的灵魂。古九谷和锅岛之间有着町人与武士的差别。町人的玩乐中出乎意料地有着有趣的地方。

总之，我想说的是，希望作品能够具有触动灵魂的美。

昭和二十二年

---

①指锅岛陶瓷，即江户初期佐贺藩锅岛家在其藩窑中所烧制的陶瓷器。作品风格精巧华丽。明治初年，藩窑被废止，但是制作的技艺在民间得到了传承。
②酒井田柿右卫门(1596—1666)，江户前期的陶工，生于肥前有田。是日本人当中第一个成功学到中国彩瓷技艺的人。
③指江户时期从明历(1655—1658)到元禄(1688—1704)初年在加贺国九谷所烧制的赤绘。

所谓雅美

野兽不像"人"懂得"美"的世界。

认识到美，主动导入美的"人"的生活，是自然的恩赐，而不是人力所为。即，这是上天赐予人的奇迹。但是，同为"人"，有人却只能生活于极其低级的美。上天对于他们的恩赐是稀薄的。

我长期以来远涉五百年、一千年、一千五百年前，不断鉴赏古代的美术、艺术，不知不觉中认识到一点，那就是，比起世界上任何国家，日本的美术、艺术都更具超凡性，在国民性和国民的人格上，他们的精神活动都是非常出色的。或许是由于这个原因，事物的韵味总是非常悠远。格调是最高的。理所当然地，内里的底蕴也是最强的。这一点无论是在绘画上还是在一般工艺上，或是其他任何方面均是如此。

出生于日本以外的人，他们总是过于理性，缺乏从事超常识的，或是意想不到的特殊工作的天分。

首先，他们缺乏对"雅"的天赋，即所谓风雅，或者叫风情、韵味的天赋，而雅正是艺术上不可残缺的因素。

朝鲜倒是并非不能看到几分"雅"的种子，但遗憾的是他们并未具备令这一种子发育成长的能力，所以最终只是沦为俗雅、俗美。

中国从来都是一个无论做什么都看表面的国家，从表面上看非常出色，但是缺乏艺术要流传于后世所必需的条件——灵性，其魅力远不及日本。更不用说在"雅"的风情上了。

雅的要素，不是凭理性创造出来的。也不是从理性中诞生出来的。它是深深扎根于国民性和人格中的不可思议的特性。在这一点上，日本民族得天独厚，令其他国家的人们羡慕不已。

来到山城、大和地区，就算是最普通的人也能够体会到，比起八重樱的美，单瓣的山樱更具风情，从而产生怀古的幽情。就如能够清楚地明白水之美那样。

在日常生活中，明白什么是美，什么是雅，并将其带入到自己生活中的人，即使是过着贫穷的生活，也可以说是具有富豪的内心。因为在其心底有余裕。比起那些虽然有钱却带着穷气的人，可以说要幸福得多吧。这就是我们常说的内心富有者。

就算我们尽情地欣赏雪、月、花这些自然之美,也不需要花费半文钱。只要我们拥有能够欣赏它们,并从中获得快乐的能力,那么这些就等于是属于我们的。

当在照片上看到在战场上的堑壕中尝试插花并获得快乐的军人可爱的样子,我想到的是,亲近雅美的风雅之人比一般人要幸福得多。就算是生死一线,在这一瞬间,也不是什么问题了。我对"战甲熏香古时事①"这样的古人的心情感到羡慕。甚至想要假模假式地模仿一下。

所谓雅美,并不是花几万日元买个茶碗,或是花几十万日元来建造美丽的宫殿。倒不如说,这样的事情反而在很多时候会使人深陷动机不纯的俗事。

身在陋巷而不改其乐,是很好的。"浴乎沂,风乎舞雩,咏而归",是风流雅兴。中国古时候高士们的行为,有很多都值得礼赞。

如果把雅美曲解为奢华或是悠闲的工作,那只能说这样的理解太过肤浅了。

昭和十三年

---

①安土桃山时期的武将木村重成的传说。据说他每次上战场就抱着必死的决心,因此会用名香熏好战甲。

「直觉」的哲学

近来，东京的中产阶级中间，蔓延着一股赏玩古陶瓷的热潮。一群人为了获得名品而争先恐后的狂热，如今该知道的人已经无人不晓了。

有趣的是，这些人虽然都具有不错的眼力，但都是些只拥有三四年或五六年经验的初出茅庐的爱好者。所以，可以说尚无能够跟一流古董商交手的勇士。

出入壶中居的属于这其中的有钱人，也并非没有连壶中居的门槛都嫌高的人。对于他们来说，最适合的商家，在本乡有朝日奈，仲通街的濑津。还有近来新出现在仲通街上的西京屋。人气都非常旺。但是大家都因为朝日奈的存在而烦恼。因为它有毒。但即使如此也不能因此将其打压下去，因为它虽然是毒草，但是除去有毒部分的话，还是存在一滴甘汁的。这不可思议的毒花呵！

从这一点来说，濑津是有所不同的。那里的人都显得很纯朴。如此纯朴的濑津，如果把它的秘密说破的话，就是把一日元买进的东西以五十日元卖出这样的胆量了。不过虽说如此，这也是靠他们自己的眼力挖掘出来的东西，也是无可奈何之事。卖出去未必不能卖一百日元的东西，却还是能够忍耐着只卖五十日元，这种知足正是濑津的可取之处。简而言之，理解了艺术的奥妙之后，想要一口气去触及事物之心的，就是濑津。

新来的西京屋，硬要说的话，是属于直觉很强的人，在发掘日本陶瓷器中的别致之作这一点上，深得其妙。今后姑且不论，就目前来看，这个男人也是个让人极有好感的人，为人出乎意料的正直，所以很受欢迎。明明是京都人，却说着一口不大标准的京都话，每天都能让人笑呵呵的，这一点也很有趣。

除此之外，让人不想将其仅仅当作古董店老板的，还有有尾先生。不管别人怎么说，这个人都应该算是一介贵公子。从人品外貌来看，可以说是完全为这一行而生，当得起天下第一的赞誉。此人的眼力不能说好，也不能说不好，其眼光实在是无法断定。和他差不多的，还有石原求龙堂先生、平岛先生。他们都不是专门的商人，所以都相当有趣。像平岛先生常常出现各种问题，却还自得其乐。

拼命想要从这些商人手中买到好东西的陶瓷器爱好者，就在下所知，可以举出如下这些人。

小林一三、立花押尾、胁本乐之轩、藤武英马、田边加多丸、反町茂作、长野草风、加藤辰弥、后藤登丸、佐羽总太郎、栗山添光、江守名彦、田边武次、北原大辅、濑川昌世、仰木政斋、大村正夫、细贝正邦、小野贤一郎、岛田佳矣。

以上诸先生中，让人惊讶的新进鉴赏家，除了京都的守屋先生之外，还有反町茂作、大村正夫、立花押尾三位先生。这些人大都是近四五年来才开始玩陶瓷的，但是他们的感觉都非常敏锐，所关注的陶瓷器格调都非常高，在这一点上，可以说是罕见的天才式的人物了，将来执鉴赏界之牛耳者，大约首先就是这三位先生了吧。

小野贤一郎先生也是有着同样天赋的人，但是从其藏品来看，一部分是颇为不错的佳品，另一部分却是一些让人怀疑他怎么会收藏这些的劣品，而且这些劣品还被他珍而重之。因此，期待他在鉴赏上有进一步提高。这是因为他喜欢的东西太多，喜欢的项目太多，日常工作过多。不知道是不是因为作为媒体工作者总是急于决断，所以总是难免不够细致。如果没有这些问题的话，此人可以位列新进鉴赏家的第一线。

在东京的以上四位先生，都是新进鉴赏家中直觉非常出色的人。特别是大村、立花两位，他们都是医生。不管从事什么工作，直觉都是非常重要的，作为医生，直觉更是必须要具备的。医生只靠学问是无法做实际的工作的。完全要依靠直觉的作用。在艺术鉴赏上也是如此，这种直觉的作用不可或缺。同样是喜爱陶瓷器的人，那些直觉差的人，不知道为什么，总会把最重要的观赏物品本身这件事放在后面做。只是一味地说东西的来历。只是一味地背文献。他们极其在意器物上的铭文。他们总是会有想把自己的观点客观化的弊病。与此相反，那些直觉良好的人首先会观赏器物本身。从中获得直接感受。对于那些理解力不好的人来说，这么做看起来是很危险的，但事实上这样做才是最正确的。这样不仅能够明辨真赝，还能了解其价值、时代、国家。直觉即所谓慧眼、心学的彻底贯彻。

学问是通过学习就能得到的，无奈直觉却是天生的，很难通过学习得到。毫无疑问，这不是通过哪种方式可以懂得更多或是更少的问题。但是通过人们的言行，我们还是可以看出他们究竟是通过何种方式来理解的。

捡漏是诸病之源

古艺术界流行着各种捡漏。这是一种想方设法低买高卖，一旦得手就能一下子赚到千金万金的不良倾向。

我们不可热衷于捡漏这件事本身。对事物本身的艺术性感兴趣，这是很好的，但是为了获利而捡漏，这已然是一种目的不纯的行为，将会毒害我们的身心。要给这种行为加个名字的话，那就是俗欲。对于俗欲的沉溺，我们应当心存戒惧。

这种捡漏主义，最后会变成想要得到别人持有的东西、别人心爱的东西，会想方设法得到这些东西。由此会产生各种纠纷。

与此相比，按照世间一般的行情，大大方方地买下东西，不知要好多少。这对于身心来说也确实是有好处的。我认为想要健康的人，不可失去此种态度。

不一味追求捡漏，缘来则来，缘去则去，做如此想，则无身心之疲劳。因此，对于健康，也有好处。比如，看到某个古董时，不必操心在知道价格之前表示赞赏的话会令价格变高之类的事。这样实在是好极了。老实说，大概十年之前，我也对这种捡漏产生过兴趣，但是现在，那都是以前的事了。

物欲即金钱欲。得失必然如影随形，实在可憎。值一万日元的东西，就花一万日元去买，值一千日元的东西就花一千日元去买，这是天经地义的事。

近来，我的兴趣逐渐转变，那些只是年代久远却不出名的东西已经不再能够令我感到满足。不管是书法还是绘画，古人中伟大的创作者创作的东西更能令我产生共鸣。至于佛教艺术，那又是例外。在佛教艺术上，作者的名字不是问题，但却是最能令我产生共鸣的。随着拥有的好东西越来越多，对于佛教艺术的世界也了解得更为清楚了。我总是能从伟大的创作者所创作的作品中学到很多东西，它们已不再是我的朋友，而是我的老师。

昭和十五年

艺美革新

希望今后的工艺制陶界，首先要致力于培养所从事工作所需的高素养，并以此为基础孕育自由的思想，努力培养出真正的自由人与思想家，并使此类制陶人将此种自由用于制陶。危急然而又充满机遇的时代似乎已经来到了。为此，在这关键时刻，我认为必须在斯界掀起一场大的革新运动，此乃关乎存亡的大问题。

十年来我一直强压怒气，站在圈外观察我国艺术陶瓷制品的现状，但是现在让我谈现状以及该怎么做时，我还是不能不感到一种事已至此的巨大遗憾。当我批判当代制陶的价值时，当然有一种责任感，想要把所看到的毁灭性的实际情况介绍给大家，以唤起诸位的关注，但是老实说，现在被称为创作家的大部分人所创作的作品的价值，大家只要去看一看上野举办的综合艺术展出品就可以一目了然了。每个人的作品，简直就是不可思议地，全然丧失了对于作品来说最具决定性的自由，处于一种虚脱状态。心中没有一丝自由的创作家所创作的没有个性的作品，全然等同于死物，观众当然不能在这样的作品中感受到任何魅力。成为创作家的梦想轻易地化作泡影，未经深思熟虑创作出来的东西只能让那些品位低级的人无法判断究竟是好还是不好。最终只是展现出了一种徒劳无功的结果。

原本创作者这一立场，就决定了他在面对自己的工作时，必须是全然的自由。如果为旧习惯所拘囿，因为惧怕犯错而一动都不敢动的话，就根本无法进行创意的创作。无法从过去的规矩侧身其外的话，终究不可能获得新知识。虽说如此，那些不向任何人学习的人所认为的自由，其实是一种胡来，并不是真正的自由。只要是创作者，尽可能地使自己具有更高程度的美学素养，获取自由的、有创意的创作表达，由此带来的满足才是作家的生命之所在。这一点无需赘言。自由的精灵不允许装模作样。因为装模作样往往伴随着虚妄和脆弱。勉强去做的事情往往是建立在谎言上的。无知的努力，与以前的军事工作有相通之处，都是劳而无功的。

人的一生中会遇到各种困境，会处于无计可施的境地，虽然每个人的经历在程度上各有不同，但这就是被某种东西拘囿的人生，是一种陋习。如果被一种错误的先入为主的观念所拘囿，就会失去前进的可能性。创作者必须要明悟什么是不受拘囿的生活，什么是不会阻碍前进的生活，什么是自由的无拘无束的生活。创作者的动脉硬化已然是一个显著的事实，在现今的许多作品中都展现了出来。不管怎样，希望今后会有更加丰富的作品被创作出来。富有生命力的作品源自于绚丽多姿的时代和深刻丰富的人心。强韧的作品、具有高品位的作品，那是只有不为世俗所拘、顽强生活的人才能创作出来的。美的协调性上有问题的作品，暗示了创作者的素养上存在某种问题。无知的努力，是一种不知畏惧的行为。畅快地了解美世界的喜悦，也就是领悟天理，是人的力量最难做到的事情之一。但是能直视世间曲直的有高尚人格的人，似乎总是理解天理的。当我直面那些气度恢宏的古艺术时，总是会更深刻地体会到这一点。

在日本过去诞生的艺术中，当我们远远回溯至桃山时期以前的时代时，会发现真的是充满了魅力，观众的心无法不被打动。不管是什么，会发现他们的气势都很宏大。我们回过头来，再看现代艺术界的话，会发现很多都很小家子气，甚至还露出了丑恶的一面。我们所看到的日本的古艺术，即使是在以先进文化为傲的世界艺术面前也毫不逊色。我们应该毫不客气地、堂堂正正地将这些都展示出来。当今的创作者如果想要在美的世界中强有力地生存下去，就必须关注每一个桃山时期之前的古艺术中的生命。他们会惊讶于由此领会到的东西是多么地多。

即使做到了这些，想要百尺竿头再进一步，绝对不可懈怠的是，向大自然学习天然之美。深刻地感受到天不作伪这一点，并将其深深地镌刻在心上，就能够洞察到美神的显现吧。可以说只有这样才是生活于美的人的生存价值。

必须要拒绝世俗的看法，世俗的想法，使自己的创作心处于一种孤立状态。必须从无耻的世俗脱离出来。有人打着振兴贸易的名头，制造最差最恶劣的仿制品，或是制造一些莫名其妙、奇形怪状的、面向海外的劣质品，只是为了获取个人的有限利润，日本人的见识已经堕落至此，这样的行为难道不让人可惜吗？日本陶瓷界的精神无能令人羞耻，简直令人抬不起头。另一方面，这对于将这样丑陋的劣质品带到海外去的人来说，也是有损声誉的事情。自古以来，日本存在着日本独有的美。种种典雅、优美、稚拙、精美，正如我们在中国朝鲜的陶瓷器中所发现的那样，其血统并不是仅由理性和脆弱构成。如果创作者们像今天这样卑躬屈膝的话，就会看不到一丝日本民族的先人们那样夺目的光彩。而且，历史在现实中依旧存在着，闪耀着。只要是日本人，就不能不了解这些。日本人应当主动地好好了解过去诞生的艺术品，从中获得感动，并将这种美展示到海外。这样，日本今后的工艺美术的水平才能够提高，才能带着完全不用感到羞耻的、堂堂正正的见识走向世界，获取真正属于日本这一美的国度的荣誉。同时，帮助其他国家了解日本的美，也不是一件小事。对于日本的再建而言，毫无疑问有着极大的作用。为此，现在的创作者们必须以此为己任，领悟事物的思考方法，了解事物的存在方式，从根本上纠正此时此刻的旧习惯。秋天这一适合重新出发的季节已经到来。现在就是我们应该奋然而起的时刻。我坚信我们即将迎来一个最好的机会。如果数量众多的创作者们能够重新振作，转换心境，那么创作者的存在价值便会不期而生，所有思想中都将产生一大改革吧。整体创作风气也将出现大的变革吧。如此，创作者必将感受到真实生活的伟大，为这种无上的喜悦而颤抖吧。

  如上，关于制陶方面的革新，仅仅是一个简单的尝试，就已经产生了很多问题，涌现了诸多课题。想必大家也都由此了解了我辈不得不踊跃奋起承担责任的现状了吧。

昭和二十三年　株式会社鲁山人工艺处设立致辞

关于陶瓷器鉴赏

说来这已经是大正八九年时的老话了，那时曾经有过这么一件事。是当时的入泽医学博士直接跟我说的。有一次，入泽博士不经意与大河内正敏理学博士一同坐上了沿东海道①西下的火车。于是，入泽博士认为这是个好机会，就向大河内博士提出了自己一直以来的希望："我们坐在车上的这一两个小时内，能不能用我这个门外汉也能懂的话讲讲陶瓷鉴赏的事情呢？"结果大河内博士说："这个有点难啊，不管我说得怎么简单，也不可能在一两个小时内说完。要详细说的话，只怕要花一两年时间呢。"

大河内博士的意思就是说在坐车的一两个小时内是讲不完的。

那时我对于陶瓷艺术的相关知识毫不了解，听了入泽

---

①江户时期的五街道之一，指从江户日本桥出发向西经过沿海诸藩国前往京都的道路。

博士的话，就在心里想陶瓷讲起来这么麻烦啊。但是如果是今天面对这样的提问，我觉得自己能够按照入泽博士的要求在一两个小时内讲完。

当时入泽博士的提问与大河内博士认为应当回答的内容之间存在着极大的偏差。入泽博士的提问是想要了解如何才能让没有任何知识储备的人简单了解名器鉴赏的要领。而大河内博士则认为需要回答的内容是从自己广博的知识出发，分A、B、C详细解说关于陶瓷的一切，从各个创作者、各个年代开始进行研究鉴赏。

要在几个小时内像百科词典一样介绍这么广博的知识，当然是不可能的，就算用一两年的时间也讲不完。所以大河内博士才会有点摆架子，他心里肯定想着这个门外汉也太多事了，急匆匆地要问什么陶瓷的事情，算怎么回事啊。

我刚才说了如果是现在的我的话能够在一两个小时内讲完。这是因为我不会采用大河内博士的讲法，在讲有名的陶瓷的鉴赏方法时，一开始就会把制作年代的中心放在庆长时期，庆长以前的作品视为好的作品，庆长之后的作品视为无价值的作品，同时将讲述的重点放在艺术性鉴赏品和没有鉴赏价值的实用器的区分上，先让听众了解陶瓷器中存在着实用器和鉴赏品两大类,然后再逐渐谈陶瓷艺术。

如果要研究一件陶瓷器的各个方面的话,从它的创作地点、土质、烧制方法、窑口、釉料、绘画,到是谁人作品、创作年代等等,必须详细查证各方面的信息,但是如果仅仅把它看成是一件泥土制成的工艺美术品,只看其艺术价值、美术价值,就跟欣赏名画、书法一样去鉴赏,如果是这么解释的话,就会很简单,任谁都能明白。例如,我们在鉴赏名画、书法时,如果我们感兴趣的对象旁落在颜料和墨的性质、所用的纸张或绢布的材料,或者其画法等方面的话,就会妨碍我们去鉴赏绘画、书法最为重要的艺术生命,就算最后能够鉴赏作品的艺术生命,也要花费很长时间。

那么怎样才能最为快捷地从美术的、艺术的角度来看陶瓷器呢?首先必须将制作年代的中心放在庆长时期。

必须要了解在陶瓷器中存在着两面,一面是庆长以后的陶瓷器中美学价值薄弱,另一面是庆长之前的作品中存在着思想超逸的艺术陶瓷器。

德川中期之后生产的大众的实用器皿中,存在大量只包含了低级美学的制品,如前所述的充满艺术价值,令世人瞩目的作品，大抵是庆长以前的作品。其数量虽少，却能够令眼高于顶的人士心折，其中有很多表现出了思想的个性。所以有必要对两者进行明确区分。

事实上，当我们看到出色的陶瓷器时，就跟看到名山、松树、青翠的竹子、梅花一样，会为其中的美所打动，至于它是用什么泥土做的，是怎样制作出来的，这样的问题不会第一时间出现在脑海里，这和我们看到出色绘画和建筑时没有丝毫分别。虽然在这之后也会就这些细枝末节的问题进行各种思考……

就这样，在看到陶瓷器之后先感受它所具有的美，采用上述直指作品生命的方法。要做到这一点，首先必须要提高自己的素养，提高自己的艺术眼光。

那么，怎样才能提高自己的艺术眼光呢？

为此，除了向眼前的自然之美和卓越的人工之美学习之外，别无他法。自然之美总在眼前，只要不懈怠地去凝视它，就能够自由地寻求到，而要了解人工之美则多有不便，必须要同时兼具眼力和财力。

从根本上来说，所有的艺术都是感受自然的产物，除此之外，别无他路。人力所做之物，不管具有多高的艺术之美，也终究比不上存在于天地间的自然之美。其中，陶瓷器是我们日常生活中经常使用，预备或赏玩的东西，我们会对它产生亲近感，将其拿在手上欣赏、抚摸，会观察其釉色的各种变化，将其作为鉴赏的对象，感受这种鉴赏带来的快乐。而自然之美则无处不在，它总在眼前，我们随时都能看到，所以就像我们感受不到空气和阳光的珍贵一样，一般很少有人会去关注它。

例如，树叶的颜色、牡丹花的美丽，其实都是非常可贵的，但是因为它们不是人力所作，而是自然生长的，所以不像欣赏名画那样能得到强烈刺激，也不会去珍视它们。而且，由于我们能够随时、无偿地欣赏到这种美，所以不像面对出色的绘画或陶瓷器一样心存佩服。但是，很多大艺术家从感受自然之美中受惠良多，眼界高远，直面自然的练达之士仔细观察这种自然之美，成功地将其绘于画上，或是将其表现于陶瓷器之中。当然，人工之美虽然比不上自然之美，但是能够感受到同种族的人类的创造物所带来的近距离感、亲近感，而且，可叹的是，它还具有商品价值这一魅力，因此绘画、陶瓷器的美总是为人珍视，而正如我之前再三提及的，大自然之美则常常被人等闲视之。秋之七草中的黄背草之美，在整个大自然中也属格调极高之美，但是近代以来的事实是一般很少有人承认这一点。

因此，要提高自己的艺术眼光，首先必须要亲近自然之美，沉浸于这种美当中，培养鉴赏欲望的根源，形成不可扭曲的真诚的眼光，或是在培养这样的眼光的过程中，不断鉴赏日本庆长以前的艺术作品，这是最理想的好方法。不过，这是只有非常热衷的人才能做到的。

我在此再啰唆地重申一下，要养成艺术眼光，有一点必须要记住的是，美，是程度越高就越难理解的，虽然任何事物皆是如此，但是要理解美的话，要么需要与生俱来的天分，要么需要不断的努力，需要不容置疑的严格的修炼。

以上简单介绍了一下陶瓷鉴赏的方法。总之，对于陶瓷，需要辨别艺术上无价值的东西，与名画那类具有高艺术价值的东西，需要清晰地判断出一个是实用器皿，一个是可以作为精神食粮的鉴赏物。

接下来，根据大家的提问，我将说一些过去的事情，谈谈我制作陶瓷的动机。料理和食器原本就是不可分的，对于食物来说，食器就相当于是料理的衣服，是必须要有的。而且，越是好的料理，就越是需要用好的食器来呈现。因为不能仅仅用那些有典故的陶瓷，如古青花、古赤绘、唐津、备前等来供日常使用，所以我在经营美食俱乐部的时候，委托各方帮我制作新的食器，然而制作出来的东西却很难让我喜欢。这也是没有办法的，很多制作陶瓷的工人并不了解料理的情趣，而很多制作料理的人也并不了解食器，所以双方很难合拍。我于是知道要想与自己喜欢的料理相匹配，只能自己去制作食器，除此别无他法。但如果只是在别人制作的素胎上画画，最重要的练泥拉坯的工作交由那些不识情趣的工匠去做的话，也还是无法让食器与料理相匹配。最终我自己做了所有的工作，诸如拉坯、绘画、施釉等。

一般制作陶瓷的人要么是出身于专门制作陶瓷的人家，要么是毕业于工艺学校，他们会制作出很多当下流行的东西。而我是因为自己喜好美食，不得已才着手制陶，大约是由于这个原因，所以至今为止，我都没有兴趣制作除食器以外的东西。如果是将陶瓷作为商品来制作的话，放在地面上的香炉这类的被视作高雅之物，售卖的价格也高，对于出售者来说是最好卖的，但是我对这些东西毫无兴趣。所以，我对食器是最有热情，最有兴趣的。因此，我相信用我的作品来盛食物的话，只要摆盘得当，都是非常相配的。

在将制陶当成自己的任务之后，为了最初的准备，我去了两次朝鲜，此外，也走遍了国内濑户、唐津等各地的古窑，发掘出了各式各样的古陶，还很偶然地发现了志野、织部等陶器的古窑。成功发掘出大量古陶后，我得到了很多可供参考的陶瓷器，这对我的作品有诸多好处。现如今这些都是非常好的研究材料，对我的陶瓷器制作有很大帮助。

就这样，在这二十年间，如同对着字帖临摹一样，我把从古今中外的陶瓷器中选出的参考物集中起来，以此为摹本，不停地进行有依据的制作、仿制，真是小心翼翼，不敢有一丝错乱。就这样，不知不觉中我开始理解陶瓷器的根本精神，通过这二十年间的学习，我虽鲁钝亦有所得，现在可以肆意纵情地放任自己的个性，逐渐可以制作出自己独有的东西。当然，到了这一步，制陶就变得更有意思了。

不过，我并没有大肆宣传，所以社会上的人认为不管我的工作做到哪一步，也都还是一个业余者。料理是我自少年时期开始就喜欢的，但是在料理界我还是被认为只是一个业余爱好者。当客人来吃饭时，我会把厨师叫来帮忙，女仆们对厨师做的那些低级的工作深感佩服，并努力学习，但是我做的料理就被她们看做是老爷的门外汉手艺，完全不加以重视。这不是很有意思吗？我的一生大概一直会这样被当做一个业余爱好者吧。没有归属的人是很辛苦的啊。

昭和二十四年

料理与器皿

使用中国料理食器的日本料理

日本料理中所使用的上等陶瓷食器多来自于中国。以我们的怀石料理中使用的器皿为例，如各种青花、各种青瓷、吴须赤绘、金襕手①等，最初都是在中国食器中诞生的。三四百年以来，将其恰当地融入日本料理的这一做法，确实可以是很有见地。由此也可知当时人们的鉴赏力，直至今日，这些古代传入物品仍被视作食器方面的最高权威。

但在其原产地中国，优质的古陶瓷已经荡然无存。导致原产地空荡荡的原因，是上等制品被日本人拿走了，后来又被欧美人挑走了不少。国外的所有人图录等上面，日本人认为好的东西，都没怎么出现在上面。基本上都是日

---

①在陶瓷器上以金泥、金箔加以装饰，描绘出金色花纹的手法。

本人发掘挑选过之后剩下的东西。

就这样,在作为原产地的中国,好的陶瓷器已经尽数拿出了,但是在日本,至今仍在使用中国生产的优秀制品,而且其用途已经发展到了非此不可的程度,这是我最为佩服的地方。

好的料理需要好的食器,好的料理要求有好的食器

所以,好的料理会产生极大的选择食器的需要。例如,即使这里有好的料理,如果盛它的器皿是假货或是粗陋之物,那么料理的价值也就显现不出来了。

假设这里有一个小钵,是名器。如果里面装的是色香味都不好的料理,那么我们也会为这名器的价值掬泪三升吧。总之,料理之美与容器之美是并存的,只有这样,才能提供最好的款待。

因此,能够充分感知味觉的人,也必须要有鉴赏器皿的眼光,只有这样才称得上是精通料理之人。

充分鉴别食器、费心制作的料理里面,有一种认真的味道。认真的料理里蕴含着一种艺术生命。只有这样,才能与作为艺术作品的器皿达到一种融合之美。

好的料理包括摆盘之美、色彩之清雅鲜亮、刀工之高超、与上等容器的协调，食客必须对此有审美的眼光。

同时，还需要有方便品尝佳味的就餐环境，即必须要有对建筑物的审美眼光。

此外，还需要有对林泉幽趣或是对此类山水的审美眼光。

如果拥有其中之一的素质，则必可以进行其他鉴赏。

囊括、融合了这三种审美眼光而形成的，就是茶道。即所谓喜好美食的极致，喜好美食的最高体现。

日本的陶瓷

和众多的文明国家一样，日本的陶瓷器最早作为日常生活用品的时期，可以远远地追溯到公元前几世纪。但是，陶瓷器作为各种情趣生活的素材而出现，则似乎是要到很久之后。公元9世纪到12世纪，在日本被称为平安时代，是一个宫廷文化大放异彩的时代。在这个时代，日本主要输入中国文化，事事以中国文化为榜样。在陶瓷器上，这一时代日本也是进口了很多中国的唐朝、宋朝时期的陶瓷，并珍而重之地赏玩这些具有美丽色彩的什器。这一时期从中国输入的文化，从精神层面来说是所谓的佛教文化。自这一时期至18世纪，日本不仅在精神层面上受到了佛教文化的巨大影响，在物质层面也同样如是。随着佛教文化进入到日本的，有"茶道"。这种被称为茶道的活动，在16世纪便已基本成型。将喝茶的各个动作程式化的这一社交活动，或许有游戏化的一面，但是对于上流社会人士而言，其既是训练教养礼节的手段，同时也可以蕴养内心，体会作为茶道核心的风雅生活。

在看起来毫无装饰的、简朴狭小的茶室中，用朴素的茶器，并且通过按照严格方式进行的各个动作，那些立志于精通这种"茶道"的人开始理解某种美，一种无形、无色、单纯的美，一种以尽量少的描画来表达更多效果的美学形态，某种作为佛教世界观产物的美学观念。这种茶道中所用的各种工具——茶碗、水罐、酒器、花器，都必须是陶瓷器。

就这样，通过茶道，陶瓷器开始在日本人的风雅生活中占据不可动摇的地位。

自然而然地，引领了此种茶道潮流的当时的上流人士、风雅人士，他们要求所使用的茶器、食器、花器是最符合茶道精神的工艺美术品，并且开始主动去创造它。

就这样，伴随着这种茶道的流行，风雅的陶瓷器作为符合"茶道"美学的艺术品出现了。

平安时代是贵族平安朝的时代，紧接着是武士掌权的镰仓时代。在各方武士割据，以武力称霸的战国时代之后，迎来了由强有力的武士政权统一全国的时代。这就是16世纪末期被称为桃山时代的、日本封建文化的黄金时代。

在这一时代,"茶道"大成,同时,大致以这一时期为中心,在陶瓷器制作方面人才辈出,创造了最优秀的艺术作品的伟大陶匠相继而出。乐(田中)长次郎、本阿弥光悦、野野村仁清、尾形乾山等就是这一时期涌现的天才。

他们均是当时一流的艺术家,除了擅长制陶之外,在绘画、书法或是作诗上,都是卓越的创作者。

他们流传到现在的作品均为杰作,诸如茶碗、酒器、水罐等,其色彩之美、设计之妙、器形之超群,均为后代创作者们所不及。

他们之后,在18世纪左右出现了一位名叫青木木米的陶工,他也是一位在绘画设计、造型技术上特别出色的名家。这些陶工为日本的陶瓷器赋予了艺术作品的卓越价值,日本陶瓷器鉴赏的标准也因他们的作品而确立。

这些名家在创作时都在自己的作品上刻上了自己的名字,但是除了他们之外,各个时期在日本各地还有无数陶瓷器制作方面的无名大家。

备前陶、濑户陶、信乐陶、九谷瓷、织部陶、伊万里瓷、有田瓷等等,日本各地都涌现出了拥有独特器形和技术的陶瓷器,在这些窑口的特定制品中,都可以发现出色的、具有高超艺术性的作品。

这一事实也证明了居住于当地的无名陶工中，很多都拥有优秀的技术，甚至是优秀的创作者。

在被称为古备前、古濑户、古九谷、织部的这些古代窑口的产品中，或是茶碗，或是水罐，或是盘子等，有很多和之前所说的伟大陶匠们的作品一起，被认定为了国宝。这些当中，有些在制作之初就是有意识地作为艺术品来创作的，而有些仅仅是作为日常生活必需品来制作的，即所谓的无意识的艺术品。

无名创作者所创作的陶瓷器，和之前所说的各个时代的名家们的作品一起，直到现代，对于后代的创作者来说，都是作为艺术品的陶瓷器制作中近乎理想的标准。

这些充满高超艺术价值的日本陶瓷器，在我们看来，是足以与古代波斯的陶瓷器相媲美的非常优秀的名品。

在桃山时代之后，也就是吸收了中国文明，也消化了朝鲜独特的妙趣的日本，在陶瓷器制作领域，形成并继承了真正的美学传统。

16世纪到18世纪的日本，正如陶瓷器的创作者——陶工中有伟大的艺术家一样，在鉴赏作品的购买者、收集者中也存在着众多能够评价、理解这一高超艺术价值的人。

可以说，桃山之后的时代是充满了此种美学艺术氛围的时代。

日本陶瓷器的美的本质，是与之前所说的"茶道"之美相通的朴素之美、无技巧之美、沉潜之美，属于东方独有的美学世界，也可以说形成了广义上的佛教文化的一个侧面。

而热爱日本陶瓷器之美的情感，不一定只以陶瓷器为其对象，更与中世日本戏曲中的谣曲、能、作为中世文学领域之一的连歌、俳句以及日式绘画的内容相通。

18世纪以降，随着德川幕府的封建统治日趋衰落，这一日式美学传统、日本陶瓷器的美学传统也随之衰落。

和其他工业领域一样，在陶瓷器制作方面，之前具有行会特色的制作方法逐渐染上了浓重的商业主义的、大规模生产方式的色彩，这一风雅的、充满美学的陶瓷器生产，也随之被时代的浪潮所抛弃，越来越孤立化、少数化了。

在现代日本，这一追求美学的陶瓷器生产的余喘，虽依然可以在各地见到，但只剩下衰微的形式，基本上都是个人创作者小规模的陶瓷器制作，或是为了满足一个地区的一小部分需求的、具有地方特色的某种器什的制作。

但是，很多鉴赏家乃至购买者，仍然在尝试理解并爱护古代陶瓷器的美学传统。

过去数世纪前作为工艺美术品制作的陶瓷器，或是当时作为日常器物而制作出来的美丽的陶瓷器，成为了今日收藏家们的心头好，它们作为一种装饰品，被装饰于壁龛或古董架上，或是被细致地保存于仓库中。它们被用于招待宾客等场合，作为喝茶、饮酒、吃饭等时的特别款待。

这些作为艺术品、工艺美术品的陶瓷器有茶碗、酒器、食器（盘子、中碗、饭碗）、花器等，拥有它们的家庭的主人们，对待这些陶瓷器的态度是极其郑重的。

在现代日本，对于这种作为艺术品的陶瓷器的爱好，确实不是普遍的。但是，它还是在社会生活中，在一部分市民中一脉相传。

只要日本人的内心依旧留存着一份对日式美学世界的憧憬，这种爱好的传统，即使形式会不断地变化，也肯定会继续存在。

（昭和三十年九月六日在NHK国际台英语频道除华南、南美之外向全世界播出）

濑户·美浓濑户发掘杂感

前几天，仓桥先生委托我在彩壶会①上做演讲。但是，我不像仓桥先生那样擅长演讲。所以曾推托了好几次，可后来还是跟他约定把之前发现的美浓②的发掘品陈列出来，姑且做一个简单的报告。

自古以来在日本，志野陶都很受欢迎。但这些陶器究竟产自哪里，却一直无人知晓。普遍认为是一个叫志野某的人在濑户让人烧制的。

昭和五年，名古屋的松坂屋总店举办了一场我的陶瓷器作品展览会。那时过来帮忙的荒川丰藏君是多治见③人。所以他熟知美浓国的事情。他在釉料、颜色方面给了我很多建议。我让他在展览会的空余时间去趟美浓，去帮我找

---

①1914年在东京大学文学部的前身，即当时的东京帝国大学文科大学心理学教室内所设立的陶瓷器研究会。

②日本旧藩国名之一。相当于今天岐阜县的中部和南部地区。

③岐阜县南部的一个市，陶瓷业兴盛。

找古釉料，结果他去了两三天就回来了。那时他不经意间带了志野陶的残片回来，问我这是什么。这是真正的志野陶。我大吃一惊。从古至今，从未有人知道志野的窑口在哪里。我大为振奋，赶紧赶到了美浓国，督促荒川君把那一带可能的地方都发掘出来。没想到那竟是美浓数十个窑口遗迹中最古老的大萱窑。

志野陶由是得到发掘。志野陶和黄濑户陶出自同一窑口，这点再次激起了我的兴趣。接着我又不断地发掘出了时间更近的窑口遗迹。将这些窑口遗迹大致发掘出来之后，我对于美浓窑究竟是怎样的存在，也有了一个概念性的认识。

例如，证明了古濑户这种自古以来因茶道而获得盛名的陶器，未必都是产自濑户，也有产自美浓的。其中，令我感到意外的是，我一直以为自古以来传下来的黑色的沓茶碗是专门为了茶道而少量烧制出来的，但久尻窑中却发掘出了很多。由此可

传世古织部筒形茶杯

知，当时人们制作这种茶碗的数量就跟制作擂钵一样多。而且也知道了黑濑户茶碗和擂钵是放在一起烧制出来的。名噪一时的黑濑户茶碗是和用来碾碎芝麻的擂钵一起烧制的。由此可知，志野陶并不是单独烧制的，而是和黄濑户陶等其他陶器一起烧制的。

还有一点让我深思的是，大萱的志野是最具艺术性的。可以说是古来茶人所珍视的陶瓷的艺术根源。

虽然发掘的方法遭到了奥田诚一君等人的批评，但是通过发掘，上述谜团得以解开，也不算是徒劳一场。还有一点是，在发掘中，无法根据年代先后顺序对陶瓷器进行区分。照理底下的东西年代更老，上面的东西年代更近，但是由于发掘的陶瓷器都混杂在一起而无从知晓。就年代来说，不管是绘画还是其他的，一般都是越古老越好。比起五百年前的东西，两百年前的东西多有不如。五十年前的东西，比起今天的也要好很多。大萱窑是最古老的窑口，所以很出色。这个大萱窑，不知道从什么时候起，成为了大批被从濑户赶出来的陶人的驻足之地。濑户三十六窑，将其一个个发掘出来的，正是我。那是昭和二年的事了。有一个猎人在濑户的作助[①]底下工作，一到了冬天，

[①]加藤作助（1844—1923），日本明治时期的陶工，爱知县人。

就会去射猎四周的野鸡等猎物。据说一次他在山中行走时，在溪流边发现了残片，于是认为附近有窑口，就进行了发掘，还把发掘出来的完整的陶器卖给了古董商店。这个男人说由他给我带路，没想到我这一走就走遍了三十六窑。

通过这次发掘和美浓濑户的发掘，我们得以区分濑户和美浓濑户的诞生年代。虽然我这次没有把濑户三十六窑的发掘品带过来，但是美浓和濑户有很多非常相似的东西。虽然在大体上能够区分，但是即使我了解两者之间的差别，对于其中的很多方面，也还是很难区分。在大萱窑和久尻窑之间有一个五斗蒔窑。我们一直认为传世的濑户茶碗是只有濑户才有的，但是在美浓的五斗蒔窑中，我们发现了跟濑户茶碗完全一样的古色古香的东西。而且数量还很多。这一点令我非常吃惊。我由此想到，在濑户三十六窑的兴盛期，是不是美浓也已经有了窑口。

此外，我还想说一些技术方面的话。匣钵由于火力的原因或是别的原因而变形时，装在其中的茶碗也会变形。这种变形在烧制过程中是自然而然发生的，所以对于我来说是一种有趣的经验。此外，还有很多细讲起来讲也讲不完的事情，不过按照今天的约定，我就只在这里讲这些关于发掘的粗略想法。

昭和八年

古九谷观

大圣寺藩的藩臣中有一个名叫后藤才次郎的人，他在德川万治年间去寻求九州有田的制瓷秘密，归来后创制了所谓的古九谷瓷。也有一种说法是他前往中国获取了古赤绘的绘法。有人对于琢磨这些内情热情无限，对于像我这样的人来说，这些事都是无所谓的，有那时间还不如直接看东西。看东西本质上的价值，并从中获得感动。或是被瓷器所具有的美打动内心而净化身心等等。我属于更重视这些方面的爱陶之人。所以，我完全不会因为生产陶瓷的国家不同而有所偏爱。此物便是此物。所以，我认为文献只相当于生鱼片上的点缀。

但是，这一看法只是我个人的看法，所以我就不再多做展开。下面我将进入正题，谈论一下古九谷的美学价值。

在这里我想谈一下一直以来的一个想法，即伊万里也好，有田也好，古九谷也好，在制作方法上是非常相似的，但是在作品所具有的美学要素上，前者与后者的价值有如黑白之分，完全不同。有田也好，伊万里也好，其中是有一些很不错的作品，然而可悲的是，这样的作品不管有多少，也都是工匠的工作成果。我们无法在其中找到超越工匠艺术的价值。换言之，这实际上并非艺术，而是一种缺乏精神的、单纯的工艺美术。也正因如此，它们恰恰投合了美学欣赏能力较低的欧美人的喜好，但是对于日本国内有眼光的陶瓷爱好者来说，即使有人下令去重视这些陶瓷，也还是会感到很为难。

与此相反，古九谷在根本上是与它们不同的。即使如此，同为九谷，做得好的与做得不好的也相差很远，也不能说所有古九谷都具有艺术性，但是在本质上是绝对具有艺术性的。我也经常觉得这实在是一个不可思议的现象。伊万里、有田的作品，不管如何变化，这种出色终归也只是一种工匠式的出色，它没有深度，没有味道，没有余韵，干巴巴的，令人遗憾。而与此相反，九谷的作品从一开始就以其鲜明的艺术性呈现在我们眼前。同时也会让我们的内心涌现出真正的欣喜。虽然产生自同一时代，同为日本人的作品，但是伊万里、有田仅仅是一种工匠技艺，而加贺的九谷却具有那样的艺术性,这一点实在是不可思议。

在这一点上,我自然并不重视伊万里、有田的瓷器,当然也不会去赏玩。我甚至想要拒绝将其视作实用器皿。但一旦碰到了优秀的古九谷作品,我就会精神振奋,就算借钱也想要把它买下来,我每次都因为这一点而在购买之前深感烦恼。古九谷具有高超的艺术性。它是男性化的,豪爽的,也是十分优雅的,在全世界的陶瓷中都有一种绝对的优越感。与万历赤绘等相比,它也是有情的,有着充满人情味的意趣,在这一点上,作为我国国产的瓷器,是非常值得我们骄傲的。

再换个另外的话题。人们往往将古九谷与久隅守景[①]联系在一起,习惯将出色的九谷彩绘直接称为守景画稿。这只是因为守景是一位相当优秀的画家,因为他自古以来就非常有名,他的名字很容易就能传入世人的耳朵,连什么都不关心的人也会轻易地不经思考就接受这种说法。从我所看到的古九谷的彩绘来说,其实古九谷的彩绘在很多

[①]久隅守景,生卒年不详,江户前期画家。狩野探幽门下四天王之一。擅长以农民、平民为主题的充满诗情画意的风俗画以及山水画。代表作有《夕颜棚纳凉图》等。

方面的价值是高于守景的。守景本身很不错，但仍有一些与古九谷不相符的点。首先就是他的笔力不强。而古九谷的画，其笔力雄劲得令人惊讶，整体非常雄壮。而守景的特点是比别人更为雅致，但缺少了雄劲豪壮的感觉。这是守景画中的不足之处，也是我对其感到不满足的地方。

总之，在我看来，古九谷给人的并不是久隅守景的感觉。而毋宁说是俵屋宗达①的感觉。不过，话虽如此，守景为古九谷提供的构图和画稿可能是不少的，但是从制作出来的无数的九谷瓷整体来看，用了守景的画稿的大概只有万分之一吧。对古九谷如是观之的我，听到现实中人们一见古九谷就一成不变的高喊守景的声音，实在是觉得刺耳，觉得麻烦。每次碰到这样的问题，听到有人又在喊"看，又是守景的作品"时，我都会把耳朵捂上。

姑且不说这些，就说日本在过去生产出了具有如此卓越的艺术价值的古九谷这一点，对于日本制陶史来说，是非常足以自豪的，可以明确断言的是，正是因为有这一点，日本陶瓷界才达到了完美的境界。

---

①俵屋宗达,生卒年不详,日本画家。其画由尾形光琳承袭发展,形成了日本史上颇有影响力的宗达光琳派。

古唐津

古唐津在日本陶器中与古濑户、古备前、古萩、古伊贺、古信乐等并列，难分伯仲，具有明显优于其他陶器的长处和充满日式审美的野趣。

古唐津最初采用的完全是朝鲜的制陶手法，后来逐渐具备了符合日本独有审美的器形，形成了独特的风格。由此摆脱了缺乏底力的朝鲜陶瓷器，彻底变成了强健有力的作品风格，发扬出了纯粹的日本精神，同时又带有典雅的情趣，真正具有了直迫人心的力量。

古唐津

备前陶

大部分陶瓷器都会在器身上绘画。但日本也有少数陶瓷器是不绘画的，如绳文、弥生时代还不能称之为陶器的土俑。与此相似，不绘画也不施釉的陶瓷器还有备前陶。在无釉陶中具有卓越美感的，正是这种备前陶。我们看古备前也好，或是别的陶瓷器也好，都会看到众多在人力和时代的作用下形成的出色的陶瓷器。而这种备前陶的特点在于，仅以泥土就创造出了世间罕见的作品。

　　泥土中有变化，有独特的趣味。备前陶通过火与土的微妙关系，创造出了无可挑剔的美。

　　那古雅深沉的色彩，在手工艺这个领域，是无出其右的。这全然有赖于创作者的艺术才能。

　　备前陶被视为是大器晚成的创作者创造出来的作品。而创作者的胆略正是产生这种卓越的美的源泉。

　　当下的陶艺创作者已经完全失去了此种胆略，除了二三人之外,他们不再具有准确的陶瓷观念,只是一群什么都不懂的人,稀里糊涂地过着醉生梦死的日子。

关于黑濑户

如果由我来做茶碗的话，就要做黑濑户。这里被视为标准的黑濑户是我最近所看过的陶器中最好的了。具有坚韧的力量和惊人的美。据说在濑户赤津生活着无数拥有这种坚韧、能够创造这种美的工人，不知道这群人今后还会创造出怎样的作品。不，不，据说他们已经在纯白的茶碗上画上简单利落的画，创造出了前所未闻的茶碗。这不是对朝鲜陶瓷器的模仿，也并非源自中国的发明。虽然坚信总会如此，但这确实证明日本陶器界的黎明终于到来了。

在日本过去生产的陶瓷器中，虽然没有白色的陶瓷器，但是有很多底力强劲、拥有无限美感的作品。首先在无釉陶瓷器中就可以看到很多都具有妙不可言的立体美。

古备前陶上所看到的力与美非常出色，无与伦比。确实是非常好。是既具有闲寂美，又具有古雅美的代表性作品。创作它们的是了不起的当地居民。正是美丽的日本，才诞生了这样美丽的事物。这是理所当然的，我们在这些美丽的事物面前，不用多加思考就会不由自主地低头佩服。但是现在，这样的情况似乎不再出现了。年代越靠后，人心就变化得越多，正如年纪越大，人就会变得越虚弱。虚弱的美，很难引起人的共鸣。

黑濑户厚厚的黑釉是费了很多工夫的，要做到这一步很难。这也给了我很多启示，让我知道我自己今后要做怎样的茶碗。这是很可贵的。我双手合十，深深地感谢黑濑户的创始人。

仔细想想，黑濑户茶碗中不是可以看到织田信长的特点吗？时代是一种很奇妙的力量，即使没有人教，也还是会诞生出它应当诞生的东西。高丽青瓷在李朝无法诞生，但是在高丽时代却不声不响地诞生了无数那样的奇技。信长大人之后是太阁大人的时代，产生的都是符合太阁大人性格的文雅大方的事物。时代才是事物诞生的母体。信长、秀吉、黑茶碗，它们给人的感觉其实非常相似。因为它们都诞生于同一个时代。

昭和二十八年

关于织部陶

我认为织部陶并非是源于古田织部这一茶人的设计及发明。

在古田织部之前，就已经有了织部陶。当然，当时可能并不叫织部这一名称，而是有其他名称。今天我们习惯称之为织部的陶器，是因为深受一个千利休时代的著名茶人古田织部的喜爱，遂被称为织部。

织部陶上绘有朴素的绘画，其上又施了萌黄色的釉，是一种纯日本风的陶器。在中国和朝鲜都未有过类似的。古田织部大约就是因此倾心而大力宣传的吧。

世间传言织部陶上

织部茶壶

的画是古田织部让小孩子画好之后，再将这种幼稚的画画上去的，这种情况或许也有过吧，但是我们在看初期的织部陶时，会发现所谓的织部陶上的画，设计千变万化，非常出色，同时画本身也画得很好。怎么看也不是孩子的画，多为写生画。其中有人在张开鸟网，鸟在飞的画。这应该是在该陶器产生的美浓的山里张网捕鱼鹰的写生画。同时，花草的写生画是最多的。此外，在对眼前随时看到的事物进行写生的同时，还有一半的图案画的是稀奇古怪、出人意料的东西，极具特色。德川末期生产的织部陶上的纹饰有很多看起来带有狂意。其器形的整体效果也是如此。

初期的织部陶，非常精工细作，不是像德川末期的织部陶那样杜撰、低俗的作品。织部陶的特色在于器形精工细作、绘画出色、绘画并非写实而往往是图案化的、写生也并非完全写实而是多有省略、多施绿色的胆矾釉。于是在不同的情况下，人们喋喋不休地说着这样的评价，诸如，日本独有的特色大放异彩，举世无双等等。

但是，德川末期仿制织部陶的人，由于理解错误，制作了很多毫无价值的织部陶。于是，鉴赏家们也因此产生了误解，认为织部陶是无聊的、廉价的东西。

这使得当今的一部分鉴赏家依旧有这样的误解，但织部陶之所以成为织部陶，原本就是因为那些创作于遥远的足利到织丰时代的作品，是精工细作的作品，是沉重、温柔，且极具雅意的作品，是令绘唐津①的颜色更加美丽的作品。大家完全可以认为是织部陶使得绘唐津更加美丽。绘唐津的长处过于晦涩，对于初学者来说非常难以理解，而织部陶的绘画种类很多，绿色、白色都闪着美丽的光泽，对于初学者来说是比较容易亲近的。

人们一直认为这种陶器产生于濑户，其窑口遗迹被发现也只是一年前（昭和五年左右）的事情。从窑口遗迹中出土了各种残片。由此，人们得以看到初期织部陶的所有作品。其中有很多是我们至今为止从未见过的。

---

①唐津陶的一种，釉下绘有以铁釉描绘出的朴素自由的画。其胎土多为黏性较大、含铁质较多的红土。其绘画多为写意花草或是南画风格的人物画，呈赤褐色或黑色。

志野陶的价值

古伊贺、古志野在诞生于日本、具有纯粹的日式风格这方面是最具权威性的。其价值在三四百年前就已经为有识之士所重视,直至今日名声日重,<u>丝毫没有减弱</u>。毫无疑问是陶器中的名品,因此,其价格也高于中国的陶瓷名品万历赤绘、祥瑞瓷、古青花瓷等。不必等某政客的说明,亦不必到如今还喋喋不休地谈什么在下对志野陶的考察。

但这么说的话,就失了敬意,正如在伊贺出生的人就会想要谈论自己的故乡伊贺,在下以发现志野窑为契机,在这里谈一谈对于志野陶的考察。

如前所述,志野陶整体的价值从古至今已有定论,其卓越之处已经众所周知。在此,我想谈谈令我们这些创作者深感佩服的一两点。因为这或许能为有志于成为创作家的创作者们提供参考。发现志野陶的窑口遗迹是很难得的事情，但是也并没有多么了不得的。说起尾张、濑户，人们会说，哦，是美浓陶瓷吧，说起来在至今为止的濑户窑口遗迹中还未曾发现过呢，仅此而已。但是站在创作者的立场上来看的话，对制陶研究十分有益，绝不可等闲视之。

首先，在志野陶的残片中，发现了生烧①、过烧②、佳品、劣品、红胎、白胎、从未见过的纹饰、红色绘画、黑色绘画、各种白地花纹、手工制的陶坯、辘轳拉的陶坯、茶器

志野芦纹圆钵

类、杂器类等等。最为意外的是，还一起发掘出了可视为与黑濑户大茶碗，也就是喝浓茶时所用的黑濑户同时代同窑作品的陶器。

跑题跑太远了。在这里并不是想说明发掘情况。而是

---

①制品未达到烧结温度。容易造成陶瓷器结构疏松、强度较低，釉面无光等缺陷。

②加热温度高于低熔点共晶的熔点，使低熔点共晶与晶界复熔的现象。陶瓷器过烧容易造成器体变形，颜色暗黄、流釉粘脚、大面积气泡等缺陷。

想对志野陶进行艺术上的说明。志野着实是非常出色的陶器，所以这也是一个很好的话题。虽然这个话题很有意思，但是有限的、后来制作的粗陋制品，如灯油盘、鲱鱼盘等，完全无助于我们所研究的艺术问题。有价值的志野陶才是我们关注的重点。

志野草纹圆钵

可以说志野陶中的优秀作品，与足利前后的绘画雕刻相比，具有毫不逊色的艺术价值。现在我们更欣喜于因为没有绘画雕刻中那种传统的规矩、方法，所以可以进一步以一种放松的心情去欣赏它。将其与朝鲜茶碗相比，何止是毫不逊色，而且还更有特色。看到志野茶碗，我们不得不承认这就是走在了光悦前面的作品。当我们想起光悦之前诞生的志野陶，想起在光悦之前就已经大受欢迎的志野陶，自然而然就会想起光悦。

当我们欣赏志野茶碗时，谁都会在头脑里联想到光悦那不拘小节的茶碗。志野陶与光悦的茶碗是如此相似。甚至让人觉得它比光悦的作品更好。这一点不仅存在于志野茶碗上。在和志野陶一起发掘出来的、我们认为是同时代、同窑口的发掘品中，还有黑濑户茶碗。后来的黑乐茶碗据说最初就是从黑濑户茶碗中获取了灵感然后烧制出来的一种轻便的黑茶碗。黑濑户茶碗粗看以为是黑乐茶碗，但是再看整体效果，有着长次郎、道入所不能及之处。具有一目了然的凛然品格。

这一黑濑户茶碗和志野茶碗诞生于同时代、同一地点，所以在两者所具有的美以及气势上，难分伯仲。志野陶在白釉上显出底胎的火色，具有浓郁的风情，暗红色的朴素闲雅的花纹非常引人注目，具有直逼人心的力量，在当时就非常有名，现在也是举世闻名。而黑濑户茶碗虽然在诞生之时就具有了出色的器形，但是其名声被后来出现的轻便型的黑乐茶碗所超越，难以重振名声。而志野陶由于没有轻便型的陶器出现，所以幸运地保持着自己的特色，长期为世人所珍爱。

我认为我们没必要去追究哪个志野陶是精工细作的佳品，哪个志野陶是粗陋劣品。我们只要简单地记住志野陶是一种好陶器，是罕见的纯日式的陶器，是我们应当珍视的陶器，是我们应当尊敬的陶器，就可以了。就算说得再多，也只有明白的人才能明白，所以一味去琢磨这种陶瓷是属于哪个种类，属于哪个系统的行为，与欣赏之后能够理解其中蕴含的美的人是毫无关系的。因为这些事情对于他们来说是无所谓的。

所以，我只对制作年代这样有可能会对鉴赏产生些许影响的事情进行调查，除此之外，只是看，只是远观，只要能够陶醉于其中所蕴含的独特的美就可以了。如前所述，志野陶的出色与我的发现并无关系。而是古人教给我，并且让我看到的。我只是在古人的提醒下记住了。

近来一部分人鼓吹要发现晚近的粗陋陶瓷、民间工艺中的美，虽然我并不允许自己有这样特殊的自负，但是志野窑遗迹的发现，对于制陶研究来说，也有很多是只有我自己才能享受到的好处。更何况，作为鉴定资料（因为志野陶自古以来就被认为是最难鉴定的），将来众多的鉴定家可以凭此确定自己的判断，这一点无需赘言，从这一点上来说，也可认为是非常有益的发现吧。

昭和五年

乾山的陶器

一说到乾山,世上之人首先想到的是乾山的陶器。能够想起乾山还是绘画天才的,大多是专业人士。能知道乾山善书,并宣扬乾山善书的,则更是专家中的专家。

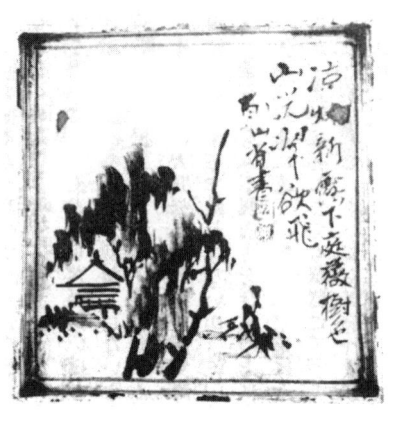

乾山作　山水纹额钵

乾山为光琳之弟,这给了那些不了解乾山卓越天资的人某种安心感。

光琳确实比乾山要有名。不仅如此,很多人还坚信就艺术价值而言,光琳也要高于乾山。总之,较之光琳,乾山的存在显得颇为落寞。

致力于在食器上画画的乾山，与画画轴的光琳相比，一开始在处境上就处于劣势。今天，在有识之士中间，乾山也不知不觉地获得了认可，认为其在艺术上绝不逊于其兄光琳，但是一般人还是对光琳更为熟悉，认为光琳更伟大。

我们在看赖山阳和其弟赖三树的书法时，经常是在技术上认可山阳的长处，而在人情味的表达上，则更以三树为上。就乾山的情况而言，也是如此。也就是说，在技巧和专业能力上，兄长光琳更给人一种巨匠的感觉，但是光琳从头至尾就是一个画家，他的作品无不显示出绘画对于他来说就是一种生意，他的画中有意境，同时又匠气横溢（当然并不是一种粗俗的匠气）。弟弟乾山，在作品表达上，不管是画画，还是写字，都没有那种专业人士的做派，从头至尾都不失一种业余者似的稚拙。拥有所谓似文雅又不文雅，似成熟又不成熟的特点的，是乾山。

正因此，乾山的很多画都可以看出他是一个充满人情味，远离匠气、以爱好为第一的画家。光琳的画作中没有淘气和玩笑，而乾山的画作听从其随时随地的心情，展现出一种飘逸感，有淘气，也有玩笑。

光琳与宗达感觉较远，而乾山与宗达感觉更近。宗达和乾山在艳色之中还留有大量的古雅之意，而光琳则是从头至尾的华丽。我个人的感觉是，乾山或许是一个很怕麻烦的人，也是一个很心血来潮的人。在这一点上他较之光琳更具艺术性吧。

宗达和光琳都留下了大量的作品、杰作、力作，不由让人觉得他们都是精力卓绝之人，而乾山却不是这样。

乾山虽以创作家闻名，但是他好像并没有亲自去做练泥拉坯的工作。这虽然是我个人的见解，但是我并不赞成将乾山视为陶人。因为他的制陶存在一种矛盾，即他只提供设计上的想法，或是再加上亲手画上画，写上字，出乎原有作品的意表，可谓乾山之前无乾山，但是作为陶瓷最核心的与泥土打交道的工作，即器形本身的制作，却是由无名的工匠来制作的。

有传言说木米制陶是由其助手陶工久太来做的，但是在我看来，这绝无可能。久太仅仅是一名助手，并不是可以代替木米的创作者。

木米的作品，不管是书画还是陶瓷器，都存在着无法让人忽视的木米式的表达。乾山的陶器制作则是一个极为少见的案例，他虽然有自己创作的作品遗留下来，但是我们今天所见到的大部分作品，只是一尊土偶，并没有贯穿乾山的生命。可见乾山的陶器制作中，大部分均不是乾山自己创作的，而是由他底下的陶工制作的。即可以说乾山的陶器制作是他和工匠的合作。因此，如果将乾山的画从土胎上去除，只剩下泥土做的胎体的话，我们看不到慧心，只剩下没有任何魅力的如同尸体一般的泥胎，不由让人茫然自失。

但是，乾山的画笔在没有任何魅力的乾山陶器的胎体上一挥，立马就呈现出一大美观，不再是泥胎土器，而立刻成了名作乾山陶。

每次看到乾山的作品，我都会不由自主地想要是乾山也能自己来练泥制坯的话……，但是他或许没有做这些事的精力吧。正如大家所知道的，乾山的作品中留下来最多的是如同粗陶方形浅盆那样的东西。

毫无疑问这是为了方便他作画而生产的。扁平的长方形盘、五寸到八寸大小的扁平的方形盘占据了乾山作品的大部分，是因为他想在其上尝试他最擅长的题跋与写意画。

乾山陶作中著名的立田川钵、棣棠钵属于他作品中的异例，也是他的力作、名作。在今天为世人特别重视也绝非毫无道理。

我看着这些例子，不由得佩服世人还是很明白事物的价值的。

因为如立田川、棣棠这些陶瓷器不仅整体的设计、呈现都非常好，而且根据器形（盆）口沿上的图用刮刀做出的模仿山路的锯齿、在绘画纹饰的间隙加上透明的洞眼这样的技术也很罕见地都是乾山亲手所做。由此产生了巨大的魅力，使得原本就极具韵味的乾山的名画更如虎添翼，纵情地展现出了让人不由得心生感动的美。

仁清的陶器以其纤巧的设计而独占鳌头，而乾山则在其不拘小节的、动笔寥寥的优美设计上，发挥出了空前绝后的才能。

乾山所作的白山茶花纹小钵不仅有这种乾山独有的著名设计，而且乾山还在其上表现出了他最擅长的美丽色调，贯彻了写意画的精髓，收到了事半功倍的效果。如此，虽然这个作品在器形上还有被人说道之处，但是也无法完全称之为工匠的作品或是乾山的作品。我认为器形基本上是由工匠制作的，但是口沿上模仿山路的部分，也就是那些大小不同的半圆形的凹凸，这些凹凸应该是乾山亲手用刮刀做出来的。

器形基本上都是由工匠制作的，这一点一看便知。更详细地说，通过俗称底部的高足部分就可以知道，这个小盆的高足是工匠们常做的那种普通的、没有任何趣味和雅意，即所谓的沉默的东西。细想想，乾山懒于跟泥土打交道这一点真是犯了极大的罪过啊。

乾山应视为一位画家。就算他兄长是画家，也不应就此避讳吧。他不像宗达、光琳那样不论花鸟、山水、人物什么都能画，可这一点也不应成为他不被视为画家的理由吧。

在这一点上，我想为乾山做些辩护：

"乾山所为是如孔子所说的游艺"、"所以他没有俗欲"。

光琳为世人所热捧的同时，作为一个优秀的画家为艺术而工作。他在不知不觉间成为了一名职业画家，有天才的资质，又有无限的精力。

而乾山从内心深处就没有那种职业意识。他从头到尾都是一个将创作当做玩乐的人。他并没有想要成为世人眼中的伟大人物。所以，他的画也好，书法也好，没有陷入到那种专业的感觉。这是乾山的价值所在，他之所以能够展现出高雅的光琳身上所看不到的独特风格，其实也源于他这种不堕于匠人气质的个性。

虽然如此，乾山难得制陶，却不彻底与泥土打交道这一点，我还是深感可惜。

昭和八年

古器观集萃

宋赤绘盖罐

有铭文

壶高　七寸六分

腹部周长　五寸七分

口径　二寸九分

罐体上有铭文"太平十年五月十六日造"。"太平"是辽代年号，太平十年即宋仁宗天圣八年（公元1030年）左右。当时天下已经被宋太祖统一大半，宋代文物在此后不久逐渐走向昌盛。

但是，有一种说法是朱

宋赤绘盖罐

铭的宋赤绘多为赝品，所以我也曾一度怀疑它是不是有问题，但是当这个作品放在眼前时，我完全没有发现可怀疑之处。

从来要判断一个作品的真假，首先是用直觉感受作品内外，看其中是否存在一种纯真的印象，是否存在一脉开创的力量，进行一个大致的判断，然后再罗列各种条件，如此方能做出最后的判断。此时最为重要的，当然在于这种直觉的力量能够多大程度上作用于人的精神。这原本就是我们的一种危险的直觉力。可能并不足以博取大部分人的信任，但如果容许我来做一个判断的话，我还是不得不说，这是宋赤绘中的精品之作。

如果这是一个仿制品的话，应该还会以某种形式显现更多的巧智。

但是，这个作品中可以看到的那种持重的华美，是一个大时代的文化意识的结晶，是截取了那个时代的感觉，毫无令人厌恶的怪异之处。

中国陶瓷发展至宋代，从整体上去除了缺乏文雅的粗俗之气，一跃形成了卓越的发展势头。

无需多言，这是一件纯然的瓷器，烧制的温度较低，胎质也较软。而且，可能是长期埋于地下的缘故，罐体上所施的釉料大部分呈粉末状，出现了风化的迹象，而且还可以确认到多处土沁。

花纹是所谓的釉上彩。红、黄、绿、青四色浑然一体，描绘的是古代的内容，这一点令人欣喜。而花纹的形式，以纹饰的逐渐独立为前提，是所谓的"刻花"的开始，这作为陶瓷器纹饰发展先后顺序的资料，也有必要进行关注。

如果盖上罐盖，以其提纽为中心从上往下看，就会看到一个个圆（确实是个圆）成组地从盖子的肩部逐渐扩大开去。特别是这种圆形的扩展中，还处处夹杂了漩涡纹，纹饰中强调了一种情感，可以从中深切地感受到宋代无拘无束的文化意识。

罐整体造型不拘谨，也不过于臃肿，恰到好处，而且，自腰部往下自然收缩，展现了千里挑一的、宋窑独有的、不可多得的高超技艺。

保持完整器形的宋赤绘存世稀少，在这一点上，该罐几乎是个例外，也因此更为可贵。

中国的陶瓷，唐代有唐代的，宋代有宋代的，明代有明代的，清代有清代的，每个时代都有其独特的表现。一般称之为宋窑的宋瓷，正如我们镰仓时代的佛像雕刻，极致地表现出了这一时代的精神和特点。虽然有点啰唆，不过我还是要说，在这个作品身上，我们不正可以明确地感受到这一点吗？

此外，关于罐体上的绘画也有需要特别注意的地方。人物的画法看起来是领会了彩绘的要领。这个罐上的彩绘展现了一般的画匠很难做到的、枯寂且有韵味的笔触。但是若将其与宋窑赤绘盘中常见的、精于省略的、真正的陶画"花草纹"相比，这个罐上的绘画还只是遥远的先驱。

昭和八年

磁州窑鸡形砚滴

近来日本都将中国河北省磁州窑的瓷器称为绘高丽[1]。绘高丽原本是朝鲜的，现在在鸡龙山窑址中发掘出了很多。

从感觉上来说，磁州窑偏硬，而绘高丽则更软，不过对于不熟悉两者的人来说，的确是很难区分的。

---

[1] 江户时期的茶人们称从朝鲜传来的陶瓷器为"高丽"，其中白色的陶瓷器上以含铁的颜料简单勾画有纹饰的，被称为"绘高丽"。

磁州窑鸡形砚滴

这个鸡形砚滴，要是在以前的话，一定也会被称为绘高丽吧。

但是，它并不产自朝鲜，而是产自中国，并且还是宋代磁州窑的作品。

磁州窑的瓷器，越是靠近当代，就越是无力无趣，很难称之为赏玩之物，但是宋代的作品，则无论是在瓷坯还是绘画上，都有很多值得佩服之处。

这个鸡形砚滴也同样，整体格调较高，绘画笔触有力，造型简单，但是整体设计非常成功，展现出了栩栩如生的鸡的形象。这大概是从古坟中挖掘出来的吧。

昭和八年

成化年制琥珀色小碗

成化时期距今约450多年，比赤绘中最有名的万历赤

绘诞生的万历年间要早约百年左右。相当于日本的足利时代。无可争辩的是，成化年间的赤绘有着足利时代的佛像和佛像画的韵味。而万历年间粗犷的赤绘则会让人联想到桃山时代的艺术。万历年间的作品

成化年制琥珀色小碗

充满着一种豪放的感觉，而成化年间的制品则缺乏气韵，稍显笨拙。成化年间最有名的是品质上乘的青花瓷。其产量似乎非常大，仅就目前日本现存的青花瓷来看，其中的上等作品大部分都是成化年制。但是其中诞生了如此精工细作的琥珀色小碗，这一点还不太为人所知。这些作品给了日本的九谷制瓷很多启示，是九谷瓷的祖先。

昭和八年

明嘉靖年制赤绘小钵

明嘉靖时期相当于日本的足利时代,是万历的前一个时期。万历赤绘就在此后诞生。

但是,我们不能就此认为嘉靖年制的赤绘都是这样的。这个赤绘小钵是千万件嘉靖年间制品中难得一见的佳品。万历赤绘总是毫不客气地炫耀着自己的沉静,不由得让人想说这算什么呀。

嘉靖年制赤绘小钵

而嘉靖赤绘则较为温驯,远未至此。不管什么东西,一旦确定下来之后,就会失去闲趣,其新奇风趣之处也就有限了。

嘉靖年制的这个小钵,从这个意义上来说(虽然有着过于繁复的绘画),展现了一种不会令人感到压力的美。

昭和九年

古赤绘杯两种

古赤绘轮花杯

古赤绘马上杯

上图中的轮花杯应该是成化年制的赤绘吧。我记不太清了，或许是有铭文的。下图的马上杯是属于俗称南京赤绘①

---

①中国明代末期到清代，由景德镇的民窑烧制，白瓷上绘有以红色为主色调的纹饰。

的。南京赤绘有很多是清朝时候仿制的，但是其最初的起源当然是在明朝。

这个杯应该是天启年间的赤绘。因为其中不含有钴料（青花）——不用钴料，先做好白色素胎，再在其上绘上花鸟，所以或许也有些并非天启年间制品。因为不是青花瓷，所以有了南京赤绘这样一个特殊的名称，不过虽然不是青花瓷，但是从时代上进行区分的话，应该是天启确定无疑。但是这仅仅是我的判断。

这两个杯子，均是以前日本人喜爱之物，特别是对于那些喜好文化文政年间勃兴的煎茶的人来说，应该更是爱不释手吧。

但是对于那些喜好抹茶的人来说，就没有那么喜欢了。因为这两个杯子虽然很好，但是作品的构想有点僵硬。所以，不喜欢的倾向会更强吧。

另外，从日本人特有的热爱自由闲适的喜好来说，这种杯子也存在不足之处。

但需要注意的是，同样是赤绘，下图的南京赤绘更具日本情趣。

下图原本是明朝末期的作品，不知道出于什么原因，此作品带有浓郁的日本情趣。从照片上也可以看到，不仅是从图案上来说有日式风格，再细究描绘树叶的线条，其表现出来的感觉中也存在着日本情趣。为何会在明末的赤绘中发现日本情趣呢，原因并不明确。这实在让人感觉不可思议。

不管原因如何，将其与成化万历时期的赤绘相比较，我们不得不惊讶于它与当时中国所为之自豪的中国情趣，在感觉上完全不同。而今天我们可以断言，这毫无疑问是天启赤绘的特色。

近来，不管是盘还是盆钵，一部分眼光敏锐的爱陶之人都对天启赤绘喊出了高价，这也是因为其中蕴含了与日本情趣完全吻合的因素吧。

有一种说法是，大概是因为这些在当时是日本人订制的，所以才有了这种日式的表达。但即使如此，也不可能在精神层面上都日本化。即使日本人的设计可以简单地移用过去，表达出来的感觉以及其中的韵味也不可能这么轻易地转换到位。

这也是我们想不明白的地方。或许是中国人忘记了前人钻研创制的辛苦，做了那富不过三代的败家子吧。

上面我谈了自己关于古赤绘中的日本情趣的看法。虽则如此，单独来看的话，我们并不像现在喜好煎茶的人那样喜爱这些赤绘并将其视为名器,也并不将其视为艺术品。当我们回过头来,看其是否具有日本的九谷赤绘那样的深度、底蕴、雅意时,毫无疑问,这些赤绘还是远远不及的。

但是,在设计和绘画的笔触上,可以看出其中的轻松和随意。一笔一画,都有一种轻松随意的气质,有我们所喜欢的特点。虽说如此,它并没有九谷赤绘那样的艺术生命。所以,粗看上去这种赤绘有着让我们倍感欣喜的地方,但是这种感受只存在于我们创作赤绘的初期,仅仅是一种谁都会经历的差距感。而这些让我们欣喜之处也正是中国的特点的成因。如果我们更深入地从艺术性上来探讨的话,相较于日本人作品中的底蕴、深度、雅意,中国的赤绘作品远远不及,仅仅停留于外观上的富丽。这么说并不是因为我自己是日本人。就算我是美国人,法国人,我也会这么说。

最近,泷精一先生在《朝日新闻》上得意洋洋地发表了中国赞美论,讲述当下的中国崇拜。这种见解很多时候被认为是理所当然的,很多人都会经历这样的时期。但是,随着真相越来越清晰,我们会自然而然地看清中国所具有的优点的极限。泷精一先生如果以后更进一步提高的话,也一定会面临我所说的这种情况吧。泷精一先生的父亲似乎也是从这样的思想出发开始画画的。

事实上，当我们看以前的东西时，对于日本的东西，即使是一个瓦片，也有可以让我们低头佩服之处，但是中国的东西，则没有可以让我们真心佩服的。正如我经常所说的，这里面有主观和客观的分别，但是不立足于明确的主观，是创作不出有深度的作品的。我并不是说这些古赤绘杯没有好的地方。也并不是说它们身上没有自古以来被日本人，尤其是喜爱煎茶的日本人珍视，并且直到现在依旧受欢迎的原因。

但是，如前所述，这些优点本身就存在着局限性，与日本的作品相比，在根本上存在着巨大的差距。

昭和十年

明赤绘盛盏瓶

严寒的冬日。杨贵妃和玄宗皇帝一起来到花园中。屋檐下正好挂着冰柱，杨贵妃娇呼道"冰箸"。其比喻之妙得到了玄宗的夸赞，她也因此更得玄宗的宠爱。杨贵妃赛雪欺霜的丰满的指尖，颤巍巍地握着瓶柄，将玉杯放到柔嫩娇艳的唇边，世人所说的盛盏瓶就是这个吧……虽说只是个传说，但是谁也不会否认吧。

但是在玄宗所处的唐代，尚未生产出如此美丽的瓷器。到了明代成化年间，瓷器的技术才发展至此种程度。中间的金色唐草纹使得该器物更具气势，使色彩显得更为强烈。原本金箔就是贴上去的，并不是泥金之后烧制的，所以现在很多器皿的金箔都已经剥落，看不到痕迹了。该器皿仍然保留着鲜艳的金色，这一点是最为难得的。日本的九谷赤绘应该是充分抓住了这种赤绘的特色，才渐入佳境的。

昭和九年

明赤绘盛盏瓶

万历赤绘大水瓮

正如我们一提到赤绘，就会想起万历赤绘，万历赤绘是具代表性的赤绘作品。万历赤绘诞生的时代正是太阁丰臣秀吉发兵侵略朝鲜（1592年）时期。近来流行的天启赤绘正是在继承了万历时期四十七年间的赤绘的基础上发展而来，但是从万历赤绘来看，天启赤绘是粗制滥造的，都是很轻率的。这也反映了当时明朝国威日趋衰落的情况，所以就会缺乏气势。但也正因如此，恰好迎合了日本的喜好，能够轻松地加以赏玩。自古以来，日本人都习惯于在明代的粗制品中发现毫无做作的"美"，并将其放在鉴赏的重点上。他们投入重金去购买那些绘有像美人、菊竹等的粗制滥造的赤绘，并以此为乐。完全无法想象这些赤绘会是当时王侯贵族的用品。近来天启赤绘的流行也似乎有几分这个意思。

万历赤绘从品格上来说是很出色的，但在整体上仍有着中国的国民性中过于繁复啰唆的特点。也正因如此，有着不失稳重的特点。稳重也是价值之一。但是，万历时期持续了四十七年，所以其初期的作品与其末期的作品，肯定是有所变化的，但是因为底款上只写了万历年制，所以也无法判

万历赤绘大水瓮

断哪个作品是初期作品，哪个作品是末期作品。但是初期作品中应该可以看到成化时期赤绘的优雅。如果是这样的话，那么照片中的大水瓮较之众所周知的万历赤绘中的"龙纹"，明显更为优雅。从其从容不迫的气度而言，应视之为初期作品吧。

但是，这个大水瓮其实是被损毁过的，只留下了主体部分，对面半部分不知道为什么已经丢失了，但是这个大残片作为古赤绘的一个参考资料，对我们来说是非常珍贵的。如此绚烂的大纹饰，应该是以前从未见过的吧，在万历赤绘中，这也是属于非常稀少的。

我虽然一个劲地在吹捧这个作品上的纹饰有多好，但是如果从更高的艺术批判的角度来看的话，我敢说日本的古九谷艺术具有更高的艺术生命，我也是不吝推崇其作品的人之一。

吴须水鸟火罐

古青花可分为两类。其一称为青花，其一通称吴须。这两类作品粗看上去都同样是青花，很难区分。即使是专家，也往往一边看着东西，一边争论怎样算是青花，怎样算是吴须。那么，怎样才能把两者之间的区别简单说清楚呢……我认为可以这么认为，即青花都是制作精良的，而吴须相较而言制作就较为粗陋。

青花都是精工细作，上面的绘画也描绘得非常细致，而吴须从坯体制作开始就比较粗糙，上面的绘画也比较粗暴，往好了说就是轻松随意。

青花是"高价的"，忠实于创作主题的；而吴须是"廉价的"，天真幼稚的。

从制作效率上来说，制作一百个青花作品的时间，大概可以做五百个吴须吧。

如果说青花是官窑中的精品的话，那么吴须就应该属于民窑作品。

在茶道兴起之后的三四百年间，茶人这一擅长艺术鉴赏的群体在情趣上、实用性上，是更喜欢青花还是更喜欢吴须呢？似乎还是吴须更得他们的喜爱。作为精品生产出来的精巧的作品反而不那么受欢迎，这一点值得我们关注。

吴须完全是自由创作、自由绘画。所以有着轻松悠闲的气质。能够很轻易地取悦欣赏者的眼睛。没有充满匠气的精巧。

充分了解到这些,并且更喜欢吴须的前人们并没有做错。

这一吴须水鸟火罐,不知道是作为茶碗还是作为食器被制作出来的,但是后来被认为更适合做火罐,所以自古以来就作为火罐的名器而众所周知。不管是器形还是绘画,都像是轻松随意地画出来的,没有丝毫让人感觉做作之处。而且还具有精品中常见的优雅和稳重。其设计也非常好,特别适合日本人。此外,图案也较为少见。这一点可能正是它一直以来为世人喜爱的原因吧。

吴须水鸟火罐

昭和九年

关于高丽扁壶

请勿再追索扁壶这种器皿在以前究竟是作何用。因为这种追索对于鉴赏来说并不重要。不仅是这个扁壶,我之所以欣赏陶瓷器，是因为它们在艺术上的成功。所以，我并不是对所有陶瓷器都喜欢。对于那些没有艺术价值的陶瓷器，我与它们的关系比对一堆瓦砾的随意一瞥更浅。

我之所以介绍这个扁壶，也是因为其艺术价值非常丰富。特别是朝鲜的陶瓷器，与所谓的唐物①不同，其制作技巧和感觉与日本人的性格有相通之处，较之中国陶瓷器，更能给人一种亲切感。这个扁壶的制作风格也是非常的轻松随意，似严谨又似放松，一切都在自由的心情下完成。这是这个器皿的可取之处。

高丽扁壶

中国也有各种样式的扁壶，但是大多千篇一律，过于规矩谨然。这在实用上或许是必要的，但是今天我们用来鉴赏把玩时，这样的作品显得缺乏魅力，缺少艺术生命。

这个扁壶，可以用欣赏绘画的方式去欣赏。也可以用欣赏雕刻的方式去欣赏。我们欣赏它的方式，与其说是欣赏陶瓷器，不如说更接近于欣赏出色的绘画或雕刻。从陶

---

①从中国传入日本的舶来品。

瓷器种类上来说，这个扁壶属于高丽青瓷①。一般世人所说的高丽青瓷是所谓的精工细作，其制作极尽精巧，其镶嵌工艺可谓后无来者，展现了无与伦比的美。

其胎土经过多次淘洗，分子变得更为紧密，如同白瓷的瓷土一样，非常细腻美丽。但是不知是否因为这个扁壶在当时属于粗制品或是专门的一类器皿，与一般的高丽青瓷相比，可以说完全是属于粗陋的制品了。因此，其制作是在极其轻松的气氛下完成的，其表面的纹饰看不出究竟是花还是叶，但是其雕刻的手法（刻刀的刀锋）非常鲜明，极其流畅，没有丝毫拘束感。给人一种小孩子赤裸着身体开心跳跃般的感觉，完全是一件充满天真烂漫气息的作品。

现在的人们，即使同样是朝鲜人，也不再能够那样自由了。而且，不知道是不是时代的作用，这个作品看起来颇为刚健，毫无粗鄙的感觉，还极具日本人所喜爱的优雅感觉。

从制作技巧上看，在纹饰的顶部，青瓷釉较之他处更为浓烈，应该是将上下两部分的胎体连接在一起制作而成的。如果是中国制作的话，上下两部分的连接处多是在中

---

①朝鲜半岛高丽王朝时期(918—1392)所烧制的青瓷。

间，这个作品则是三七分，连接处靠近上半部分。对于我们这样熟悉拉坯工作的人而言，这是非常有意思的。

纹饰的添加是先在胎土上涂上厚厚的白泥，在白泥还未完全干燥时刻上纹饰的线条，然后再把纹饰以外部分的白泥去除，只留下纹饰。因此，纹饰部分比胎体的其他部分要高，散发着清澈的白色光泽。不知道创作者是不是想要让上半部分的青色更浓，刷上一遍高丽青瓷釉之后，在这部分又施了一次釉。所以虽然是同样的釉药，但是因为施了两次釉，所以釉层更厚，看起来颜色也更青。

类似的高丽扁壶偶尔也能见到，但是像这样直接烧造而成，直到今天还保存完好的，确实非常少见。而且，壶体四面都装饰有几乎相同的如花朵一般的纹饰。所以是没有正反面的。但是在壶身底部没有施釉。这应该是为了烧制的方便吧。

昭和七年

古九谷赤绘罐

我前面也曾说过，在古九谷与万历赤绘何者更优这个问题上，一般人虽然不是很明确，但还是会认为是万历赤绘（就像作为其他和歌创作典故的和歌这一意义上）更好。可以说现在几乎没有人在认真地比较、清晰地思考万历赤绘和古九谷。

但是，实际对两者进行比较探讨的话，万历赤绘在风采外形上确实非常出色，但是在内容上并不具有同样的出色。而九谷赤绘虽然不具备万历赤绘那样的风采，但其内涵却是非常丰富的。

简而言之，一者是重视形式的作品，一者是重视内容的作品。

仅仅看一条线，就会发现两者是截然不同的。万历赤绘的线是用巧妙的、熟练的手法精细地画出来的，而古九谷的线与其说是巧妙，不如说是用一种稚拙的手法画出来的，充满韵味与雅意。

古九谷赤绘罐

从设计上来说，毋宁说是钝拙的。像这个壶上所画的七宝、素色唐草等，不得不说是极其不风雅的。虽说如此，但这个作品给人的感觉还是很好，让人无法因为其纹饰不够风雅而弃之一旁，具有独特的韵味。

再回过头来看，其整体的红色色调也同样如此。万历赤绘的红色是极其艳丽的。任谁看了都会觉得很美。而这个古九谷的红色，颜色偏黑，涂法也较为凌乱。没有中国赤绘那样高超的技巧。所以，不管是女人来看还是小孩来看，都不会说它漂亮。虽则如此，这个作品给人的感觉依旧很好。毋宁说，其色彩不佳之处正是其佳处。其技法拙笨之处，正是其佳处。

这归根结底是创作者的国别与自身的问题。优秀的人创作的东西，即使技法不那么高超，也还是可以做出好的东西。而无趣的人，不管技法多么高超，也无法掩盖其无趣之处。这样的人，技法越是高超，越是反映出其浅薄之处。正如我们做料理时，比起专业人士哼着歌靠技巧做出来的东西，非专业人士诚心诚意努力制作出来的东西要好得多。就拿年糕红豆汤来说，老奶奶没有多高的手艺，但是细心制作出来的年糕红豆汤很好吃。而专门出售这种食物的店里制造出来的年糕红豆汤，虽然手艺高超，但是总觉得淡薄寡味。古九谷与万历赤绘的关系，正与此相同。归根结底，这是日本与中国的差别。

我们看中国的绘画，即使是明代的，也没有什么能够真正让我们低头佩服的。可以说是几乎没有。宋代、元代的也是如此。但是，绘画的图案、花纹中还是有很多出色的、让我们佩服的。日本人最初是学习这些，但是因为日本人具有中国人所不具备的、天生的内涵，所以学习中国使得日本人更如虎添翼了。中国人不知道是不是由于其国民性，其创作往往偏向于花纹、形式、外形，而往往不在意内容的空洞。

不管如何，古九谷沉稳、雅致这一点是非常好的。而且轻松创作这一点中，也有着日本人独有的见识。这个壶虽然是完整的，但是我们经常可以看到胎体在一开始就歪了的，走形的，有些许开裂的作品。

如果是在中国的话，这样的作品一开始就会被认为是不合格的，不会再在上面绘画。会不加绘画就被扔掉的吧。

但是日本对这些问题毫不在意，不管是歪了的，还是走形的，或是开裂的，都会在上面细致地画上画。这里面体现了创作者的见识。他们不会认为歪了的东西就全都不好，开裂的东西就全都不好。他们在工作时具有不在意这些的强大自信，拥有如此高超的见识。所以，万历赤绘中，没有歪的、或是带窑损的作品，而古九谷中就有。我们的祖先深知，这些缺陷完全不会影响作品的内容。

果然，今天人们完全不在意这些缺陷，古九谷的真正价值获得了世人的认可，常常被高价收购。这是因为人们拥有了直视事物内在的智慧。

从这个角度来说，近来日本有强烈的中国化的倾向。认为什么东西都必须是完好的，而容易忽视物品的内涵。不得不说，较之九谷时代，人们的见识下降了很多。

例如，西式盘子上有一丁点儿损伤，就说不好。换言之，没有那一丁点儿损伤，这个盘子是有某种价值的，有了那一丁点儿损伤，就变得完全无价值了。所以说这个盘子从一开始就毫无内涵上的价值，创作者连无视那一丁点儿损伤的见识都没有。

只要有内涵，谁还会追究那一星半点儿的瑕疵啊。人也是如此。再伟大的人，也会有小小的缺点。伟人的价值会因为这一点点瑕疵而消失吗？身处此种风潮中的日本人应当在古九谷面前感到羞愧。基于如上思考，我的结论如下：

万历赤绘那样艳丽的作品就让西方人持有吧。古九谷就应当由日本人来收藏。

昭和十年

仿彩绘祥瑞古九谷盘

仿彩绘祥瑞古九谷盘

喜爱陶瓷器的各位，请看这个彩绘盘。这必是古九谷彩绘盘无疑，但跟我们常见的古九谷又有些区别。这是因为它的彩绘图案是临摹而来的。至于说它临摹的是什么，我认为是彩绘祥瑞。那么是否存在这样的彩绘祥瑞呢？这个我也不知道。但是可以从所谓的彩绘祥瑞图中推测出来。不过，彩绘祥瑞又没有这样的含蓄。

有底蕴，富含雅意，看似粗陋，实则精品，余韵悠长，这些是日本陶瓷的特色。日本陶瓷，不管是什么，都很含蓄。有人会问，这种含蓄是指什么……这也是我思考的问题。日本的国民性会在不知不觉中成为日本作品的内涵。就创作者而言的话，作为其素质的人格，会成为其作品的内涵。除此之外，还有学问、素养、审美眼光、信心、正直、直率、优雅、才智这些因素，叠加在一起，构成了作品的内涵。这种内涵即含蓄。含蓄会带来信念。有信念的作品是脚踏实地的。所以说，古九谷是伟大的。没有犹疑。底蕴不断增加。所以不是那种只有设计出色，徒有其表的作品。

日本的艺术与中国、朝鲜以及其他国家的作品相比更为深邃，原因正在于此。总的来说，日本的艺术是优雅的、有底蕴的、富于雅趣的，真正反映了日本的国民性。

这个古九谷作品，当时创作者应该是抱着仿制的目的而进行临摹的，谁知仿制品比原来创作者创作的原品更美，更含蓄。能够创作出这样更高一等的作品，实赖国民性与人格之力。这一点毫无疑问。但问题在于，要看透究竟作品是否有含蓄蕴藉之处，首先欣赏者自己就必须具备洞见府蕴的眼力。如果有人还要追问什么是有洞见府蕴眼力，我的回答是，那就是我一直在说的慧眼。

昭和十年

古九谷菖蒲图小盘

如果有人熟知宗达，并且真正了解宗达绘画中的妙处和力量的话，就算我现在说这个盘子上的画是宗达所画，也不会觉得有任何不可思议之处吧，不仅如此，还会点头称是吧。

这个小盘上的绘画出色到了此种程度。

古九谷上的绘画以守景的构图而出名，或许确实如此，有受到守景影响的一面，但是就我所见，大多数古九谷上的绘画并不是守景那种柔软的笔致情操，而是要有力得多。是非常刚健的。现在我们

古九谷菖蒲图小盘

眼前这个作品上的画,也不可能是守景所画。应该是宗达吧。是与宗达更为接近的画风。

如果这是当时某位无名的工匠画家所画,那么我们可以说在那个时代连工匠都是出色的艺术家。

不仅是陶瓷器,在染织、描金画、人偶、家具等工艺的各个方面也都深具艺术生命。就这一点来说,那实在是让人羡慕不已的艺术工艺时代。

那么,这个石制盘子上用濑户青花所画的菖蒲又画得如何呢?不知会否有人断言与著名的乾山所画的八桥画有着云泥之别。这个作品上的菖蒲画就算说是乾山所画也没有什么奇怪的。事实上,这幅画是非乾山那样有力的画笔不能完成的名画。令人不可思议的是,在工匠中竟然也有如此出色的画家。

我们再来看看器形本身的情况。在盘子的制作上,只能说没有什么令人生厌之处,但也没有什么值得特别赞赏的,但是盘子上绘画的力道具有令我辈制陶之人胆战心惊的价值。

昭和八年

古唐津流动釉水罐

这个与众不同的作品就在我手边，所以就把它拍了照放了上来，但是要对其进行说明的话，却发现自己对它毫无了解。

一些古书上记载了古代事物，但是我一向很懒，又怕麻烦，怠于渔猎文献，所以也没有仔细查找过，所以要讲典故的话，我是完全不行的。

古唐津流动釉水罐

我因为喜欢陶瓷器，所以看了不少，但是唐津的制作究竟是从千年前开始的，还是从八百年前开始的？是朝鲜人烧制的，还是日本人也参与其中？哪个时期的作品最为出色？关于这些问题，我从来没有调查过，也讲不出什么。

我只看作品有不有趣，只要自己觉得有趣的就是好的。虽然就跟瞎子摸象似的，但是"直觉"逐渐开始发挥作用了，东西只要一打眼，就能大致不差地判断出是什么。

鉴赏准确，熟知文献，精通历史。只有兼具这三条的可称之为是真正的爱好者吧。这么说来的话，像我这样才刚刚能进行某种程度鉴赏的人，是属于不上进的吧。但是，爱好者也是各有各的路数。

有像我这样只专注于鉴赏的，也有不像我这样，而是以科学的态度进行鉴赏、像学者一样严谨的人。我认识的S博士会把茶叶罐一个个截断来观察其"土"质，但是在我看来，陶瓷器是艺术作品，是美术工艺品，关键是要鉴赏器物所具有的美，所以把茶叶罐截断来鉴定其土质这样的做法，在道理上与陶瓷赏玩毫无关系。不过每个人都有自己的立场，像他这样喜欢用科学的方法，这其中也有他自己的乐趣。

还有一个叫O的陶瓷史学者，他作为鉴赏家也是很有权威性的。他在一本精美的原色版陶瓷集中将京都苏山①的作品误认为是古九谷，后来发现自己判断错了，就偷偷把它删除掉了。这件不光彩的事情直到现在还在被人说，但事实上审美的、学术的、赏玩的这三个维度很难在一个人身上同时具备。

像这个唐津陶器，事实上我对其毫无了解，大家是怎

---

①诹防苏山（1852—1922），日本明治大正时期的陶艺家。在京都五条坂研究青瓷、白瓷、赤绘等的釉料，擅长仿制中国青瓷。

么看它的呢？看起来应该是古人的作品无疑。从其口沿处对角度的精细把握的技巧来看，我认为可能是德川时期的，就是不知道德川时期的发掘资料中有没有与此相似的作品。我不认为这个作品年代有多久远，应该不是丰臣秀吉侵略朝鲜之后带到日本的朝鲜人制作的。

不管怎样，古唐津还是很好的。唐津的高底足每一个都做得非常出色。唐津的高底足中，没有一个是制作粗糙或是缺乏趣味的。

接下来我还想向大家介绍一下带画唐津上的画。虽然是用非常随意粗犷的笔触画的，看起来似乎很荒谬，却有着古今相通的名画的味道。笔力雄劲，为芜村①等人所远远不及。

此外，在被称为斑唐津、朝鲜唐津的乳白色施釉陶器中，也有非常出色的作品。茶人们很聪明，将其中的佳品和石爆②作品引入了茶道之中。总之，一旦了解了唐津的韵味，就会一发不可收拾，就会爱不释手。就想要更进一步侵略到那些重视铭文、重视文献的人的领地去看看。这也是非常

---

①与谢芜村（1716—1783），江户中期的俳人、文人、画家。
②器物胎体中含有的小石子在烧制时，会使周围开裂，凸现出来，或是小石子表面被熔化，看起来就像是半嵌在胎体中。

自然的想法。虽说如此，但对于风雅之人来说，鉴赏还是第一位的，文献是第二位的。

这个唐津作品的少见之处在于，正如照片上所看到的那样，它内部施了釉，外部的釉料是沿着纹饰呈线状流动的。这一方法是现代人还没有尝试过的，就算今后有人这么做了，也是让人不喜的白费工夫，而这个作品之所以看起来有意思，是因为这是数百年前的古人所做。即没有邪气。现代人即使模仿这种手法，也肯定会让人感到不喜。

直到现在，仍有不少人认为斑唐津、朝鲜唐津是在朝鲜烧制的，但是位于唐津的岸岳古窑址的发掘结果证明，它们是在日本烧制的。

古唐津中还有鲸口[①]和黑釉，也请大家一一细看。

该唐津所施的釉料为乳白色釉和朝鲜唐津、斑唐津施的釉料相同。专家们往往称之为稻灰釉[②]，但是听说唐津陶器的乳白色釉并非由稻草灰制作，而是由其他材料制作的。据说是生长于唐津地区山林中取之不尽的植物，好像是羊齿或里白，以此来替代稻草。

---

① 古唐津在制作时会在茶碗口沿或盘子边沿上施铁釉，烧制之后呈现出黑褐色，因此颜色与鲸鱼皮颜色相似而得名。

② 以稻草燃烧之后的稻草灰为主料制作的釉料。因含硅酸成分较高，所以在烧制之后，游离的硅酸分子因为不熔化，会在器物表面形成白浊色。

该水罐有斑唐津的特点，其口沿部分呈现出青黑色，但是这应该是胎土中的铁质挥发产生的颜色。

昭和七年

古唐津陶的美

有人喜爱丹波棉布的美，为了得到棉布，思虑再三，拿着色彩绚丽的人造丝织的布前往丹波山中，用它来换穷苦老百姓身上穿的被套布（丹波棉布）。据说老百姓们高兴坏了。

胁本君大胆地发表了见解，认为古唐津是野蛮的，很让人不喜。说唐津陶是野蛮的，这一点我也反驳不了，但是接下来胁本君又说自己喜欢美丽的陶器。也就是说，在胁本君眼里，唐津陶是不美的，是野蛮的。可能我这么打比方不太恰当，但是胁本君就好比是喜欢人造丝的丹波的老百姓。虽然如此，他好像喜欢唐津陶上的画，

古唐津茶碗

喜欢唐津陶的高底足。为什么说他好像喜欢唐津陶的高底足呢？这是因为前些年他得到了一件以前我收藏的唐津陶，在朝日图片还是什么的照片说明中对其大加赞赏。

换个话题。在以西方人为主要顾客的艺术品店里，是不会放古唐津、古伊贺的。向往三越的妇女们也不会认可唐津的美。现在很多美术家也不会刻意去收集唐津陶。学校中的陶艺老师也好，五条坂的大部分陶匠也好，大家都跟唐津的美保持着距离。唐津陶是否野蛮另说，但是与胁本君有相同意见的人绝非少数。不知是不是这个缘故，喜爱唐津陶、欣赏唐津陶的人多是古董收集者、因茶道而喜爱陶瓷的人，或是少见的具有天才的审美眼光的人。不管怎样，别人的情况暂且不说，我的话，如果在众多的陶器中去除唐津陶的美，那么我喜爱陶器的热度也许会立刻下降吧。

世间鉴赏陶瓷器的人，肯定会把陶瓷器翻过来察看其底足。就我所知，再没有像唐津陶那样，有一个算一个，每一个作品的底足都十分出色的了。如果作为美术记者的胁本君真的认为唐津陶是野蛮的，那么我将不吝于与他正面交锋。我将不停地向胁本君证明唐津陶的美，不管用多少年，直到他服气为止。

昭和八年

与志野陶相似的唐津陶

说起古唐津，正如人们所知，其釉料各不相同，全然不一。

自古以来就有萩陶①与唐津陶很难区分的说法，确实如此。都是稻灰釉烧制而成的乳白色陶器。还有一种著名的被称为斑唐津的陶器。这是由于一部分稻灰釉中融合了胎土或釉料中的成分，而使器皿的一部分呈现出类似海鼠釉②的蓝色或藏青色。

古唐津火罐

---

①山口县萩市和长门市所烧制的陶器。带有稻草灰质的白浊釉的萩陶常被用于茶道，在茶人中有"一乐二萩三唐津"的说法。

②一种以蓝紫色为主色调的不透明釉料。有光泽，但是不透明。

此外，还有被称为朝鲜唐津的器物。其与斑唐津并无特别的不同之处，总的来说，一般把陶土为红黑色的称为朝鲜唐津。虽然这些陶器被称为朝鲜唐津，但实际上大部分是在日本的唐津地区生产的。不过其中偶尔也会混有朝鲜生产的器皿。

唐津陶中有一类极具特色。这类陶器被称为濑户唐津，极受茶道中人的喜欢。这类陶器虽然也是由普通的唐津陶土制作的，但是其釉料所用的原料与其他各类唐津陶全然不同。这种釉料与近来尤其为人关注的志野陶的釉料一样，施的是单用长石的釉料。但是，与志野陶的不同之处除了创作风格的不同，还在于釉料不像美浓陶那样纯白，其胎土也不像志野陶那样呈现出朝阳般火红的色彩，因此没有红色的花纹。这就是濑户唐津。因为与濑户产的志野陶相似，所以才被称为濑户唐津的吧。

虽然照片上的这个陶器并不叫濑户唐津，但是其所施釉料由长石制作，和被称为濑户唐津的特殊唐津陶是同釉同法。因为不是茶碗，所以没有被称为濑户唐津，而只是被称作古濑户。

由于该器皿的釉料是长石，所以几乎与志野陶毫无二致。只是在色泽上不像志野陶那样是白色的，所用陶土不是美浓陶土，以及上面所绘纹饰不像志野陶上的纹饰那样从底部渗出红色。不过，虽然没有渗出红色，但是也像志野陶一样，纹饰从厚厚的长石釉底部渗透至釉面表皮，显示了还原焰的作用，与志野陶中的佳品在发色上毫无差别。无怪乎世人对志野陶与此类陶器的爱重之情并无太大差别。

昭和八年

濑户唐津茶碗

一说到"濑户唐津"，想必有人会猜测这个茶碗是在濑户生产的吧，事实上，这个称呼究竟从何而来，即使是在那些广义上的好事之人当中，也并没有一个明确的说法。不知道是因为觉得它像唐津陶，就不知不觉间称其为濑户唐津，因其产地极难确定，所以就在无意识间用了这样一个模棱两可的称呼？

濑户唐津茶碗

又或是相信它是唐津生产的陶器，但又觉得有濑户陶的风格，所以就自然而然地称其为濑户唐津了？还有人认为这或许是濑户的人来到唐津后烧制的。很少有人就这个问题说出明确的信息。在这一点上，这个茶碗的名称来由，作为一个尚未解决的问题，确实是让人非常感兴趣的。因此，这个茶碗在多大程度上算濑户陶，在多大程度上算唐津陶，并由此来查明其称呼的来由，成为了这类陶器的鉴赏家们必须要关注的问题，成为了他们必须要研究的学问。

在此，虽然有些僭越，但是我又要说说我的拙见了。

濑户唐津这种茶碗，如果要问其产地的话，我觉得完全无需聒噪，这肯定是唐津生产的。陶土所传递出的信息是高于一切的证据。并且，其整体效果不也是很有唐津陶的特色吗？更不用说它还有像高底足这样可称之为唐津特有的器形。但即使如此，它还是被冠上了"濑户"二字，被称为"濑户唐津"，也是有其必然原因的。这是因为，这种茶碗上所施的釉料不是常见的唐津釉，也不是斑唐津釉，而是一种完全不同的、乳白色的不透明釉料。毫无疑问，这种釉料，与濑户志野陶的釉料完全相同，因此才有了这个茶碗名称中的"濑户"二字。这么解释，应当不为不当吧。

志野陶的釉料,用的是所谓的濑户长石。"濑户唐津"所用的釉料,可以认为是产自唐津地区的长石。唐津地区的长石的特点与濑户地区的既有相似,亦有不同。志野陶中所用的长石釉,颜色均为纯白,而濑户唐津所用的长石并非纯白,而是带有黄灰色。这是因为志野陶土中所含铁质较少,而唐津陶土中所含铁质较多。因此,志野陶的风格,属于古濑户系,是一种已经固定下来的织部陶的风格,而唐津陶的感觉则全然不同,往往能让人感到其内在的强大力量。尤其是这个被称为濑户唐津的茶碗,其与志野陶似是而非。从形式上来说,濑户唐津与志野陶之间毫无相似之处,只是在釉料上,不知是否出于偶然,是同一种釉料。因此,由于濑户唐津和志野陶用的是同一种釉料,如果只看釉料的话,就如同在看志野陶一般。简而言之,濑户唐津虽然生产于九州唐津地区,但是其所用釉料与濑户地区的志野陶非常相似,因此被称为濑户唐津。如果可以的话,或许称为唐津濑户更容易让人明了,更适合这类陶器。

原本唐津陶稍稍有一种怪诞的感觉,但是濑户唐津这种茶碗则是秀气的。其外形大同小异,却呈现出诸多变化，多有文雅之作。但是，正如照片所示，茶碗外侧下方有缩釉现象，有人或许会觉得这个看起来令人不喜。这在古代被称为梅花皮①，为世人所赞美。单调的釉料，到了高高的底足附近，突然开始缩釉。这应该称之为变化之妙吧，作为茶碗的一种特色，自古以来很受茶人们的喜爱。

将艺术鉴赏视为生意的茶人，或者说是不得不将其视为生意的古代茶人们注意到了梅花皮，并将其视为一种美丽的变化，认为这是非常好的特点。这种眼光是古代茶人的优点，也是他们高于世俗中人的地方。并且，对于制作陶器的陶工而言，这种缩釉产生的梅花皮是所谓的失败之作，是生烧，不是预期中的完美作品。陶工们所期望的是釉料平整地熔化开，烧制出光滑平整的陶器。这种梅花皮当然不是他们一开始就想要烧制出来的效果。因此，当陶工看到梅花皮时，肯定会非常沮丧吧，这不是自己想要制作的东西。可能还会把原本值十文的东西两三文就抛售掉了。但是，在后世茶人们的鉴赏眼光中，这种陶器比完美烧制出来的陶器还要有意思，认为这是一种出色的陶器，这些陶器也就有了陶工们意想不到的好结果。从烧制的一

---

①因施釉过厚或是烧制不足导致釉料不能充分熔化，收缩成鲨鱼皮状。茶人以具有该特征的茶碗为美。

方而言，完全是意外之喜。原本古代茶人中就有很多天才，他们拥有出色的艺术鉴赏能力。他们在美术工艺整体上的鉴赏都是很正确的。除了茶人之外，我们还不曾见过艺术鉴赏能力如此出众的群体。今天的陶艺家们，如美术学校的板谷波山①先生或是大仓陶园那样极度讨厌瑕疵的人们，永远无法理解梅花皮、挂釉的火间②、烧制变形器皿的妙处。不管是普通唐津陶，还是濑户唐津，这些人是无法理解其中的妙处的。特别是认可梅花皮的美，认可缩釉、变形的器皿也有其妙处，这对于那些只欣赏光洁的、完美无缺的事物的人，即当今的众多创作者而言，是难以理解的。虽说如此，那么现在的茶人还能像古代的茶人那样理解这些器物的妙处吗？答案是否定的。现在的茶人们只会对着古代茶人们留下来的习惯说法照本宣科，说一些"这个唐津不错"之类的话。而他们做出的"不错"的评价，是极为可疑的。事实上，他们明明是不懂的，只是按照自古以来的习惯说"不错不错"来掩饰自己。这么说可能比较失礼，但是如果今天的陶器创作者们烧制的茶碗有

---

① 板谷波山（1872—1963），陶艺家，其作品注重器形端正，绘画精妙。
② 未挂釉处露出的胎体被火烧成红色的状态，或是釉料收缩露出被烧红的胎体的状态。

梅花皮或有脱釉的话，那么这些茶人们只会回答除了扔掉之外别无他法，是瑕疵品，是无用之物。归根结底来说，现在的陶瓷器不像其茶碗原作那样一开始就具有美的生命，所以也是无可奈何。以前的作品是好的，所以即使有我们现在所说的损伤、不足，也变成了一种好的特色，反而为其增添了美丽。也就是说，因为原作的茶碗非常出色，所以变化越多，其艺术价值就越大。在不断使用之后，更增添了茶碗的韵味和风情。这也是因为茶碗在根本上是好的。因此，这个"濑户唐津"茶碗，不管它有没有梅花皮，都是一个出色的陶器。不管它有没有梅花皮，不管它的釉面有没有火间，其原作都证明了它是非常出色的作品。原作出色，这是古代艺术的共同特点。现在的创作者们也应当在这样的原作的指导下进行创作，但是却没有人这么做。如果原作是好的，就算原本准备制作的是东，结果变成了西，变成了北，但也还是不会改变其好的本性。无论怎样都能创作出好的作品，这是古艺术品的共同价值。从这一点上来说，不管这个唐津陶是歪了，还是破了，也都是好的。不管是生烧，还是过烧，不管它的底足是过高还是过矮。这一点不仅限于濑户唐津。不管是怎样的茶碗，那些被众人所极力赞赏的东西，都可以在此意义上进行说明。

顺便再说一下制陶过程中产生梅花皮的原因。

梅花皮，正如之前所说，是釉料没有平整地延伸，而是皱皱巴巴地缩起来造成的。为什么会缩釉呢？解释起来并不复杂。在最初用辘轳工作，也就是拉坯的环节时，手所接触到的陶土是非常光滑的。但是将茶碗坯干燥后，削出底足时，从底足到照片中梅花皮最上面的线都是用刨子来削的（为了使茶碗底部的陶坯变薄）。削过之后的陶土，与拉好的陶坯的陶土不一样，变得粗糙不平（最初手摸到的时候是很光滑的）。后面用木刷和刨子削过的陶土变得不平整了，因此挂釉时，釉料就不能完全贴合陶坯。虽然是挂上釉了，但是釉下是浮起来的，放入窑中烧制时，釉料熔化，开始缩起来，就不能平整地化开。因此，从梅花皮到底足之间的刨子削过的地方釉面都缩了起来。木刷刷过的陶坯非常粗糙，形成了不光滑的皱纹。因为釉料没有紧密地附着上去。形象地来说，就好比是在河岸边的石头堆上铺上被子。被子是浮在石头上的，没有紧紧贴合在一起。

简而言之，用刨子削过的有皱纹的土坯上（在还没有按古老的创作风格进行素烧的生坯阶段）直接刷上厚厚的耐高温的釉料，必然会出现缩釉现象，形成梅花皮。这种梅花皮之所以没有光泽，可以认为是由生烧造成的。

昭和十年

初期鼠志野长方形浅盘

初期鼠志野长方形浅盘

如大家所见，这个鼠志野陶器是有纹饰的。既然有纹饰，就需要稍加说明。因为这种纹饰方法是鼠志野陶的主要特点之一。

鼠志野陶上的纹饰并不像一般陶器那样是用颜料直接画上去的。它先是在白色的陶坯上全部刷上氧化铁，然后再在上面雕刻出所需要的纹饰。这种雕刻雕得不像一般雕刻那样深，因此雕刻之处看起来就像是用白色颜料画上去的一般。这就是这种陶器的特点之一。

这种先涂满颜料，然后再雕刻出纹饰的方法，在中国和朝鲜也并非没有前例。但是它们的雕刻多是在黑乎乎的土坯，即带颜色的土坯上，涂满像面粉一样的白泥，然后再在上面雕刻出纹饰，纹饰是用白色之外的颜色来表现的。很少见到在黑色的表面上雕刻出白色的纹饰。可能也并不是完全没有，但是不多。我们姑且可以认为没有。

因此，仅凭这一点，我们也可以说志野陶是日本陶器中划时代的作品。因为这种创意是非常新的，且收到了意想不到的效果。同时，釉面厚重、不透明，带着一种浑厚的感觉，与粗陶的感觉非常相似，带给人一种恰到好处的温暖。当然，如果烧制过头的话，釉料过分熔化，会像玻璃一样闪闪发光，这种且另说，烧制良好的作品，从艺术角度来说其效果是非常出色的。

然而，这一划时代的优秀艺术品一直以来却几乎不为世人所认可。当然，有一小部分人将其珍而重之地保存了下来，因此也并不是完全不被人认可，但是，至少在不是特别有名这一点上，可以说这种陶器在陶瓷的世界中是一直没有得到认可的。它近来突然成为世人关注的话题，其优秀的艺术价值被一再讨论，是在我们挖掘美浓古窑时，为了追溯其根源而关注到这种陶器之后。细细想来，鼠志野陶长期以来一直为人遗忘，可谓怀才不遇了。

鼠志野这个名称是因为其色泽如同老鼠的毛色，因此不知道是谁先这么叫的，就成了固定的名称。但是，因为其纹饰的颜色呈现出白色，跟常见的黑色不同因此近来也有人称其为逆志野。但是这纯属多此一举。首先，逆志野这样的名称从含义上来说就不太妥当，且这个名称本身缺少一种美学意识。哪里比得上鼠志野这样既古雅又妥当呢？

先不说名称的问题，鼠志野的优点在于其整体效果直接、有力、优雅。表面柔和，深具美感又有底蕴，且无过分拘囿之处，这些让人除了赞好之外，再无二话。即使今天我们再做同样的东西，也做不出这么好的了。仅是烧制一项，就做不到古人的程度。从经济角度来说做不到，而且今天的人们也无法再现如此深具艺术性的纹饰。

烧制的环节，如果专门去做，或者多下些工夫，或许还能勉强做到，但是这种器形，这种纹饰，是完全做不出来的。一条线都画不出来。就算是画根线，也是不同的。那是桃山这一丰富的艺术时代的力量，当时的匠人们不经意间所画的一根线中，就饱含了今天我们所看到的令人惊讶的各种美丽的人心，这些是今天的人们无论如何都做不到的。这是艺术丰富时代的产物，并不仅限于志野陶一家。不管是何物，这个时代的东西都让人惊讶于其卓越。

我们感到不可思议之处常在于此。

古代创作的作品,为什么今天我们无法复制?原因似乎在于艺术不是由聪明才智创造的,而是由该时代的人格所创造出来的。如果可以由聪明才智创造的话,在时代更为进步的今天,我们不可能无法复制,我们之所以无法复制,正是由于古代这一时代的力量。我们不得不这么认为。米勒之后无米勒,桃山之后无桃山,这其中有自然的约束力在里面。好的时代的产物,不管是哪一个,我们都可以安心地说这是好东西。不管形状是圆的,还是歪的,都是好的。

顺便提一句。十年前,《陶瓷器百选》的作者指着鼠志野陶说这是濑户陶的窑变吧,但是今天我们知道并非如此,而是一开始就有计划地想要制造出这样的作品。这一点从鼠志野陶存世良多,以及美浓古窑发掘之后查清了其根源这两个事实就可证明。

如果要想让窑变说成立的话,那么就必须要思考如果不发生窑变的话,会生产出怎样的作品。仅仅说窑变,是毫无意义的外行人的看法。我仅补充这一点。

昭和十一年

美浓大平发掘的鼠志野大茶碗

这个茶碗看上去就气势宏大，有亲和力，很温暖。这也是题中应有之义。因为它酝酿诞生于桃山时代的氛围中。

鼠志野大茶碗

在茶会上手拿着有名的茶碗时，大多数人都会想这是古代的著名陶工费尽心血制作而成的，然而事实并非如此。特别是到了桃山时代这样遥远的时代，似乎无论是谁做什么东西，都做得非常好。

这个茶碗的发掘地附近的窑址中所发现的陶器，如志野陶、黄濑户陶、古濑户天目①、织部陶等，没一件是丑的。烧制上有烧得好的烧得不好的，但是其原作没有一件是特别拙劣或粗俗的作品。而且，有资料可以证明当时做相关工作的工人多达数百人。可见，这么多人当中，虽然

---

①天目是一种抹茶茶碗。日本禅僧将浙江天目山禅院中所使用的铁质黑釉茶碗带回日本，称之为"天目"。这里所指的应当是在日本烧制的模仿从中国带到日本的天目茶碗所烧制的茶碗。

多少有手艺高低之分，但是都出色地完成了工作。

不可否认的是，不管是光悦还是道入，都从这些早于他们出现的、在茶道中广受欢迎的志野名作中学到了很多。

鼠志野陶的制作方法

鼠志野陶是用美浓山中铁质含量很低的白土制作而成的。在陶坯干燥之后，在上面涂上氧化铁。然后将长石碾成粉末，作为釉料进行挂釉。氧化铁在窑中熔化，顺利的话，能够透过釉料呈现在釉面上。因此，白色的长石被铁质渗透之后，呈现出焦茶色。这就是后世所说的"鼠志野"。

话虽如此，似乎今天我们也可以简单复制。但事实上，窑的结构、烧制的时间、燃料等的复杂关系上，存在许多难题，很难烧制出古代那样的色泽。另外，首先原作就不是依靠我们现代人的力量能够制作出来的，这也是一个难题。

昭和十年

志野

志野这种陶器，是日本近世的施釉陶器中罕见的白色陶器。有的白色无纹饰，而很多是有纹饰的。这种纹饰与绘唐津中较古老的作品稍有相似，其格调较高，同样与绘唐津类似。志野陶中的逸品素白的胎体上，纹饰及一部分胎体颜色呈现出一种令人喜爱的代赭色，令观者赏心悦目。照片上的志野陶器大部分都呈红色，这种红色的发色是较为少见的。但是像这样全部都呈红色，虽说很好，但是却缺乏风情，缺少余韵，反而不是那么值得重视。

世人所珍爱的志野陶是那些陶胎的某部分或纹饰的某部分略微呈红色的陶器。虽然不呈现红色的志野陶器也受人重视，但并不是最被珍视的。

在美浓发掘的志野陶

志野陶的制作年代大约在织田信长时代前后,不管是唐津还是濑户或是其他陶器,都是内涵和外形兼具的陶器出现最多的时代,因此志野陶器的整体效果也是我们应当重视的。不仅如此,它无与伦比的、令人喜爱的乳白色很有魅力,而且还不时可以在上面看到朝阳一般的色彩,自然让那些爱陶之人精神为之一振。

它的窑址是我偶然间于昭和五年在美浓国久久利村发现的,到了今天,其他人也都加入进来了,美浓山中到处都在挖掘古窑址,非常热闹。

昭和八年

花三岛[①]茶碗

这个茶碗自古以来一直被认为是花三岛。

毫无疑问,我们一眼便可看出,这是依照茶人的喜好制作出来的。我们因此可以推测,它不像鸡龙山的刷毛目茶碗那样具有一种野性的自然。也就是说,满分的整体效

[①] 三岛茶碗是高丽茶碗的一种,生产于15—16世纪朝鲜半岛李朝初期的庆尚南道。其中饰有花卉纹饰的,称为"花三岛"。

果不意竟是为"匠气"精神作了注解。

视其为朝鲜的作品，一般也没什么异议，但还是有一些地方让我们不能完全相信这一点。

花三岛茶碗

不知鉴赏家们普遍是怎么判断的，很想听听诸君的高见。但是，不管如何，不能否定的是，这是一个极好的茶碗。

昭和九年

黄濑户①茶叶罐

黄濑户陶的茶叶罐十分少见。不知是不是因为大量制作茶叶罐的时代的喜好与在茶叶罐上施以黄濑户釉的审美并不一致，总之黄濑户茶叶罐并不常见。不过，这个茶叶

---

①以施淡黄色釉的濑户美浓窑在桃山时期烧制的器物为起始。可分为两大类，一类是光泽感强、胎体厚重的古濑户系黄濑户，一类是胎体轻薄、釉色温润、釉料中混有黄土、釉下刻有线状纹饰的纹饰系黄濑户。

罐在整体效果上是很平易近人的，其技艺娴熟之处颇具魅力。

黄濑户，顾名思义，黄色在其符合人们的喜好这一点上起到了重要的作用。但是，并不是只要是黄色，就能得到人们的喜爱。像中国南京瓷的黄色投合的是西方人的喜好。在日本，就算有人喜欢，应该也是那些对陶瓷器刚刚入门的人。话虽如此，也并不能说濑户系的黄釉就都是好的。如果只看漂亮的黄色，那么今天这样的陶器在濑户依旧大量生产着。京窑也在生产着。但是，可惜的是，整体效果并不好。黄色也有微妙的差异。要说这种黄色与古代的有什么区别，却又很难说清楚。

黄濑户茶叶罐

就像是某某村子的萝卜好吃某某村子的萝卜不好吃那样，不是用"地位"就可以分辨的，而是只有了解"味道"的人才能明白的区别。黄濑户的颜色好不好，有眼睛的人都可分出甲乙，看出好坏，不是用嘴来说的。如果仅仅看颜色的话，那么在今天并非不能进行科学解释，但是涂抹上了颜色的母体，也就是用陶土制作呈现出来的整体效果，无法用科学进行解释。因为这一母体是艺术。艺术不是谁都可以做的。艺术也不是随便一个时代都能够产生的。这一点通过过去的事实已然得到了证明。

一言以蔽之，艺术是随着时代在下降的。这是千年以来被明确证明的事实。因此，黄濑户美丽的黄色产生的原因，就算能够通过科学生产出原料釉，也不等于就能再现我们所喜爱的黄濑户。因为今天我们再也回不到三四百年前的时代，再也找不到那个时代的创作者。铁斋翁[①]用松花堂[②]的残墨所画的画和墨色都是属于铁斋的，不会出来松花堂的风格。从这个意义上来说，假使横山大观用大雅[③]所用的墨来画画，也不可能出来大雅的颜色。只会出来大观的颜色。显现出来的，不是墨色，是人的颜色。在这里显现出来的，就是艺术。因此，这个茶叶罐呈现的黄色也好，价值万元的伯庵[④]茶碗的黄色也好，都是三百年前的色彩，是创作者的色彩。是后人无法复制的特色。这

[①]富冈铁斋(1837—1924)，日本画家，生于京都。深入研究了南画、明清绘画与大和绘，在水墨画上自成一格，为当时文人画坛之重镇。
[②]松花堂昭乘(1584—1639)，江户初期的僧人、书法家、画家。其书法名列宽永三笔之一，开创了松花堂流。其绘画多为枯淡的水墨画。
[③]池大雅(1723—1776)，江户中期的南画家，日本文人画的集大成者。
[④]从桃山末期到江户初期由濑户系的窑口所烧制的一种陶器，多为茶碗。因深受当时幕府医官曾谷伯庵的喜爱而得名。

也即是我们对此珍之重之的原因。

  昭和十年

信乐水罐

  当一个人不抱有任何野心，专心致志地创造东西时，他的作品是不会令人生厌的。

  相反，无趣的人，凭着一点浅薄的见识有意创造出来的作品，不仅达不到最初的目的，而且粗鄙不堪，令人生厌到不能直视。作品真正的好，在于近乎天真。

  正因为是天真之作，所以虽然看起来有些杂乱，但是在伊贺、信乐陶中，我们依旧能够看到很多好的作品。所以，虽然看起来像是不成熟的、拙劣的作品，但是伊贺陶的花瓶、水罐等，有很多价值数千数万。这还是因为制作拙劣的话似乎会令人生厌，但这些作品是创作者以一种率直、天真的心境创作出来的，因此是美的。

  这种美，归根结底，是当时那个时代的人的心灵之美。因此，创造出了价值数万的伊贺陶的时代，同时也是创造了价值数万的绘画、雕刻作品的时代。

照片上的信乐水罐并非十分古老，应该是德川初期的作品。虽然没有像古伊贺陶那样的气势和韵味，但是没有一点令人生厌之处。因此，今天的鉴赏家们对此也非常重视。总之，年代久远这一点是艺术鉴赏中的座右铭。

信乐水罐

看到古代的好作品，感受其中的卓越之处，这是现代人的生存之道，但是感受到了，并不一定就能复制出来。所以，现代生产不出能够令那些热爱古陶人士的眼睛感到满足的陶器。从这个意义上来说，这里所展示的"信乐水罐"亦尚有用武之地。

仁清作蜻蛉火盘/仁清作莲叶灯油盘

野野村仁清，出生于丹波国桑田郡野野村，生活于庆长到宽永年间（1596—1643），俗名清兵卫，出家之后号仁清（也有一种说法是，因为他住在仁和寺前，所以称为仁清）。他（主要）在洛西御室筑窑烧陶。

人们常常认为陶祖藤四郎①是一个无论制作什么都能做得非常出色的人，但遗憾的是，那些流传下来的被视作他的作品的陶器，很多并不能确定是他的作品，很多只是从时代以及其他要素上推测是他的作品。这也是不能否认的事实。

那么在第二阶段的陶瓷器名家中，我们可以举出哪些个人创作者呢。我认为必须以仁清为第一。事实上，仁清在我国陶瓷发展史的第二阶段，是独树一帜的。

真正将日本的美学意识融入陶瓷艺术中的，正是源于此人。仁清的出现，使得日本的陶瓷真正成为了这个国家的艺术。在这里，我想要强调的是，仁清的作品中何曾有朝鲜，何曾有中国，何曾有其他国家？不管是练泥制坯的仁清，还是绘画的仁清，不管是见识非凡的仁清，还是人格高尚的仁清，都是完美的日本的仁清。

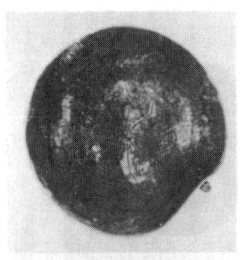

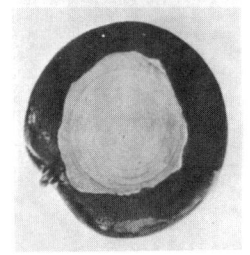

仁清作　莲叶灯油盘

---

①加藤四郎左卫门景正，生卒年不详，镰仓初期陶工。随道元入宋，习得制陶技艺回国，在濑户筑窑制陶。被称为濑户陶器的始祖。

就算尊他为日本陶瓷界的王者，也没有人能够提出合理的异议吧。不管把仁清的哪个部分拿出来看，都没有什么可挑剔的。不管是什么主义，什么倾向，让它们在仁清的作品上相遇，仁清都会出色地吸收所有要素，达到不可动摇的完满境界，所以完全构不成交锋。没有人像他那样将陶瓷的要领与日本人的工艺愿望完美地结合在了一起。

乾山也是名家，是一个快活的人。但是，他的构思来源于宗达、光琳。他的代表作立田川盆也好、棣棠盆也好，盆沿以及透光的手法，虽然是很有趣的创意，但也只是如此，还不算是恰到好处的终极的卓越。并且，乾山陶器还伴有一大遗憾，即在他的很多作品中都看不到他亲手练泥制坯的痕迹。

木米出现的时代要更晚，他的创作也有遗憾，即他的创作的性质对陶瓷的一般性质过于排斥。同时，仿制中国古陶瓷的作品非常多，说明木米本身是一个过于仿古的创作者。当然，这也算是木米的特点。这么看来的话，仁清的形象真是越来越光辉了，但是这说到底不是可以归结为仁清此人的人格魅力吗？也就是说他的创作可以视为天之所为。

构成仁清创作风格基调的是庄严而充满热情的美，这个作品与此有所不同但是这一点不正可以看出仁清特有的出人意料的一面吗？仁清在制作这样微不足道的器物时，也跟制作茶叶罐、茶碗等茶道用具一样，是怀着慎重的、写实的态度来制作的。当然这一点对于艺术家来说应当是理所当然的，但事实上应当做的和实际做的往往是不一致的。根据制作器皿的种类和委托人的不同，制作态度也多有不同，这一点绝非罕见。

首先，从设计上来看这个作品，原本只是用来做灯油盘的一个小盘子，以莲叶来造型，再加上蜻蜓造型的火盘，来源于飞蛾扑火的优美构思。

其次，从制作技巧上来看整体效果。蜻蜓的翅膀，根部纤细，沿着翅膀尖的方向逐渐变宽，蜻蜓尾部弯向一侧，巧妙地避开了灯芯的位置，虽然这是需

仁清作　蜻蜓火盘

要考虑到实际用途的作品，但是能够做到这一步，不仅没有损害到器皿的实用性，而且还巧妙地借助了实用性，这是非常难以做到的。

更让人惊讶的是翅膀尾部令人愉快的平衡感以及作为灯芯台的笏形笄精巧灵动。不由得让人赞叹这不愧是技艺高超人士的手笔。此外，蜻蜓尾部轻微的动感，也让人感觉这只蜻蜓仿佛正在飞行。

灯油盘采取的是用翻波式手法将莲叶反过来的造型，荷叶上长的叶茎具有何等沉稳的力量啊。叶面上雕刻的叶脉线条，令整个造型充满生气，让人不由得遐想现在水池中还水波粼粼。仁清此人，为什么能够在作品中写实到此种程度啊？不，这才是只有人才能刻出的线，是神乎其技的线，是抓住了事物精髓的线。非如此不可。

上面所说都是在器物正面看到的，翻到背面一看，是完全没有装饰的随意的样子。这是为了给所谓的器物贵贱、用途高低做区分吧。

我在这里看到了仁清创造的作品本身。还看到了作品对于我的眼力的作用。即，我在看仁清的作品的同时，也看到了仁清作品所拥有的力量。并且，真正地被这种力量所打动了。

于是，我把它放在自己手上，放到眼前三尺处来看，叶面上胆矾釉（青釉）的釉色浓淡不一，使得嫩荷叶的色泽呈现出一种自然的变化，再加上吸收和折射光线的效果，整片荷叶看上去仿佛就要在清凉的晚风中舞起来了似的。

观仁清的作品，除上述之外让人印象深刻的，还有对釉色之美的追求。对窑印的正确的祈愿。但是这些留待日后再述。

我认为再没有人像仁清那样工作条理清晰，将理论具象化，同时又能真正推动整个日本陶瓷的发展。虽说如此，对仁清的介绍还远远不够。我只苦恼于该怎样才能准确传达出仁清这个人物。

昭和八年

仁清作肩蓑[①]茶叶罐

用一句话来总结仁清所作陶瓷器的优点和价值的话，该怎么总结呢？对此，至今为止的文献中都没有明确的记载。只有一些模棱两可的、众说纷纭的见解，比如，说仁清的作品极尽精巧之妙，说他的作品实在是好，有着无法用语言表达的优雅等等。种种见解并非不正确，只是都仅

---

①即釉料如蓑衣一般从器物肩部向下流动。

仅说了仁清的一个方面、一个部分。

但是，我觉得我能用一句话来概括仁清陶瓷的优点。那就是，仁清制作的陶器大约凝聚了庆长艺术所有的优点和价值。

对于那些原本就不知道、不了解庆长艺术为何物的人，这么说的话，他们大概也无法理解究竟是什么意思，但是对那些对庆长艺术有一定了解的人来说，听了这一总结，大约会觉得"嗯，确实如此！"而拍案叫好吧。

不管看的是庆长时期的屏风画，那一时期的织物、友禅花样，甚至于那时的人偶之类的，都会立刻赞同这一观点的吧。

当我们一边想着庆长时期精致、极尽绚烂之美的织物以及服饰，一边欣赏仁清制作的陶器时，无需任何说明，就能明白为什么说仁清体现了这所有的美，是这些美的综合。这也就是我为什么说仁清制作的陶器之美代表了整个庆长艺术。近来他制作的一些陶壶被指定为重要艺术品，大家可以去看看，那纹饰、

仁清作　肩蓑茶叶罐

壶形。看了之后，我们不能不感叹于庆长艺术的美感。也即是说，在庆长艺术中，著名的个人创作家仁清的存在代表了庆长时代的美术工艺。换言之，在陶瓷器创作者中能够代表庆长时代的，可以说只有仁清一人。仁清作为代表者因此名声更盛，获得了更多的好处。假设在织物、友禅或是其他工艺美术的世界，就算其中存在像仁清一样的人物，他可能终其一生也仅仅是一位不知名的匠人吧。

仁清作为一位陶器制作者，他当然具有出色的技艺，但是他原本就是一位匠人气质的制作者，并不是一味追求艺术的人。也就是说他是一位匠人气质的名家。

一般认为，即使画同样的画，乾山远比仁清的作品更具艺术性。与木米等人比较时，结果也是如此。与他们相比，不得不说仁清无论怎么看都是一个工匠式的存在。话虽如此，我们可以说乾山、木米要比仁清出色吗？并不能。

虽说是一名工匠，但是仁清原本就是一位出色的名家，并且他所在的年代更为久远，因此，从整体的艺术价值而言，毫无疑问地，仁清要在前面所说的两位之上。

乾山也好，木米也好，他们具有那样高超的技艺，却仍然让人感觉在作品的气势上有某种不足。只能说年代不够，无论怎么做也没有办法。

那些不了解仁清的人当中，一说到仁清，就会把他想象成超时代的天才，认为他是神秘的、梦幻的，但事实上他并不是让人难以了解的天才或超人。这一点上，光悦也一样，他们都只是比一般人优秀一点，但并不算是让人惊叹不已的天才。

只是陶器界向来多愚不可及的工匠。今日如此，往昔大多也是如此。其中鹤立鸡群者，即此仁清。同属艺术领域，绘画与陶瓷相比，优秀的人物要多得多，陶工中却很少有这样的人物。偶然出现的天分卓越的仁清，就如同意外之喜一样，因此更增添了光环。说到陶工，一开始就被认为是满身泥浆的做着让人讨厌的工作的人，所以很难有人才辈出的盛况。在这样的情况下，他独自一人崭露头角，对于那些将他视为神秘的人而言，这一点更增添了他的神秘性。

我们可以认为"仁清的作品代表了庆长时代的卓越艺术，与同时代的其他艺术毫无不同之处"。

特别是像这个茶叶罐，更是极其鲜明地体现了庆长时代的特色，所以关于这一点，我特别说明如上。

昭和十一年

光悦亲制赤乐云纹茶碗

光悦亲制　赤乐云纹茶碗

追铭　山之尾

箱体题字　直斋

重量　126钱

本阿弥光悦，永禄元年（1558）生于京都，宽永十四年（1637）八十岁卒。

他出生的家庭代代从事刀剑鉴定，但是他在书法上开创了自己的流派，在绘画、工艺上也开辟了自己的天地。

这是光悦所作的赤乐茶碗。原本是金泽人真野宗古的藏品。真野宗古是一位传承了今日庵流派的茶道大师。

真野宗古师傅门下人才济济，当时有一名在金泽首屈一指的茶人山之尾主人太田多吉，作为一个茶人，他在人品上和生活上都无可挑剔。

某一年，真野宗古师傅必须要移居东京，在离开故乡的时候，他将自己珍藏多年的这个茶碗作为留念，送给了既是他的茶道弟子又是他知己的山之尾主人。

其后，山之尾主人因为种种原因，两次对自己的藏品进行了拍卖，但是这个茶碗他始终珍藏着没有拿出来。

被山之尾主人如此珍藏的这个茶碗，后来，不知道是不是某种宿缘，竟转让给了我，虽然在转让过程中并非全无龃龉，但是我还是内心极为雀跃，担负起了保存这个茶碗的责任。

其传承由来如上，这个茶碗在漫长的岁月中都被隐藏在北国的天地间。如果它早早现世的话，肯定不仅仅只是一介茶人的秘器吧。

该茶碗的底足边上还有三个清晰可见的朱漆字"光悦作"，这是直斋所写。该茶碗看上去气度恢宏，格调颇高，技巧自然，再加上直斋的书法，极端地说，谓其为此类器物之王者，亦不为过。

这也并非只是我一个人的感受。大概在光悦之后，谁都会有这样的感觉吧。世上传言是光悦之作的茶碗颇多，但所有这些赝品，都是通过模仿光悦大大咧咧的风格，来假称是光悦之作，由此可知世人都不停地猜测光悦必然具有大胸襟、沉稳的心境、胖乎乎的体格。

至此，不管是模仿还是其他，将这些都视为重要因素的艺术，都不得不以与生俱来的天分为最重要的条件。带着与生俱来的天分，走向应当走的方向。所以，即使只是制作一个茶碗，作品上也能够毫无掩饰地直接反映出创造者的真正价值。

即使如此，光悦在陶器制作上还是多少从某处得到了某种启示的，所以他才能够如此巧妙地在作品中展现他的性格、性情以及思想。

有人说，光悦是生来带有桃山时代气质的人。特别是他还向乐茶碗的道入学习制陶方法，由此更增添了他作品的巧妙。但是，光悦是否真的随道入学习过制陶方法，道入是否带给了光悦某些刺激而增强了其作品的个性化，这些问题真怀疑起来的话是无止境的。

不过，幸运的是，有东西可以扫清这些怀疑。这些不是其他，正是被发现的志野陶茶碗以及同时代的黑濑户茶碗不经意被发现（从美浓久久利村牟田洞的山顶的大萱古窑中），它们诞生于足利时代，远早于光悦生活的时期。以其恢宏的气度，不约而同地证明了在这方面它们是绝不逊于光悦的作品的。之所以这么说，是因为我们只能想象，在早于光悦数百年前，这些作品在大萱窑是由一个真正无名的陶匠，在那个山顶的窑厂，脚踩四方山以及山间的景色，怀着天上地下唯我一人的心情，以激越的创作热情创作而成。因此，不管是光悦，还是道入，或许当他们在用这些茶碗喝茶时，忽然恍然大悟，一拍腿，明白"就是这个"，将自己的性格、心境引向了这一共同的方向吧。

即使不是如此，黑乐茶碗自古以来也一直被认为是黑濑户茶碗的进一步变化。确实，这么说的话，黑乐茶碗或许就是在仿造黑濑户茶碗的基础上进一步轻便化的结果吧。最初，在使用的普遍程度上，黑乐茶碗要比濑户黑茶碗逊色三分，但是在茶道上，黑乐茶碗被认为比黑濑户茶碗更具妙趣，获得了茶人的重视，使得黑濑户茶碗不得不接受了已经无用的判决。到了德川时代，黑濑户茶碗除了个别人出于仿古偶尔制作之外，几乎没有留下半点影子，从这一事实来看也可谓思过半矣。

不管如何，如果向前追溯的话，须得向前面所说的古志野陶、黑濑户茶碗寻求先验的感觉。光悦其人，对于这些情况，也已多有了解了吧。

这个作品的有趣之处在于，茶碗器形很大，底足却只有一点点，仿佛只是毫不在意地稍微意思一下而已，但是整体效果却很出色，可谓是不协调中的协调。这当中可以看到名匠的特殊能力，即一种只有名匠才具备的高超技巧。

特别需要注意的是，茶碗的主体嵌入了胆矾釉，形成了三个云形。这在此类茶碗上或许是绝无仅有的吧。在茶碗主体上，刮刀的刮痕从下到上愈显粗犷。这种气势与这些云形的作用有某种相通之处，这些云形也因此似乎更具必要性了。

顺便提一句，盛装该茶碗的箱子上的字是由官休庵中兴之祖直斋所写。因金泽的旧称为尾山，太田多吉翁的屋号为"山之尾"，我综合考虑之后，将追铭定为"山之尾"。

昭和八年

乾山方形盘

绪方乾山字惟充，俗名权平，号紫翠、深省、灵海、习静堂、逃禅等。宽文三年（1663）生于京都，宽保三年

(1743)八十一岁卒于江户下谷。其兄为光琳。他最初居于洛西鸣泷制作陶器,享保年间随轮王寺宫公宽法亲王前往江户,定居入谷,后移居下谷,依旧制作陶器。

仁清、乾山、木米三人的作品中,仁清的作品基本上都是由自己亲手制作,木米在制作器体时,只有极少数的时候会麻烦助手。可乾山的作品大多是由他人来制作器体的,这一点不容忽视。事实上,乾山究竟在多大程度上亲手与陶泥打交道了,这是很值得怀疑的。

仅看乾山作品的器体的话,完全看不到他那种天生的、无法用语言来表达的韵味。因此,他的作品证明了他制陶的全部工作在于器形设计上的思考、器物绘画上的妙笔等等。

不管怎样,乾山这一擅画的天才,在作为陶人跟陶泥打交道方面,手过于干净了。如果他从练泥制坯开始做起,或许其出色的绘画和书法能力能够更加真正地与器物做到浑然一体吧。

如帝室博物馆收藏的光琳乾山合作的四方钵,器体应该就不是乾山自己所作。但是话虽如此,也并不是说乾山所有的作品都是这样,只是说大部分都是这样。

乾山作品中的缺点大致如上。但这里所介绍的这个木工风格的彩绘盘应该说是属于一个异例了。它明显是乾山从练泥制坯开始亲手所做。首先背面泥土的削修方法显示出了一种下意识的熟练，展示出了一般人无法做到的非凡个性。

他对于木刷的运用到了何种熟练的程度呢？我觉得从中可以看出心手合一的令人愉快的一致。特别是从风情上来说，烧粗陶的窑口中烧制出来的开裂陶器也是非常不可思议的，正如光悦或道入的作品中经常见到的那样，作品上的瑕疵交错排列，使其更为有趣。虽说是火里偶得，但是能够出现这样的陶器也还是令人吃惊的。

更让人称奇的是，白色的釉料，全部模仿漏雨的样子斜着施加，极具时代特色，呈现出黑白分明的模样、如雪景一般的色调。四周的釉面剥落，露出了底下的化妆土，形成如同青花瓷中的虫眼，这一点也是非常妙的。题跋的书法也是其他陶人的作品中难以见到的、乾山独有的气势，不仅流畅，还带有磅礴之气，显示了善书的乾山的实力。

我前面说过，乾山在与陶土打交道的工作上过于惜手。这跟他作为一个工匠的觉悟以及态度有关，绝不可避而不谈。细想想，陶瓷之美，即使是只是素陶的模样，也决不可夺。只是加上纹饰，绘上画，仅仅这些不是陶瓷制作的根本工作。也就是说，在用纹饰来装饰陶瓷器之前，素胎中就必须融入创作者的个性。在这一点上，陶人应当将其荣光辐射至制陶的每个环节。

乾山作品中最常见的斗形、方盘中，如果去除上面的绘画，只看没有花纹的盆子、盘子时，其中又有几分世人皆知的乾山的分量呢？

我们再来看看帝室博物馆收藏的由光琳和乾山一同制作的钵，光琳是洒脱的，毫不作伪的。他的人物形象也是如此。寂明光琳四字书法也与一贯的光琳相符。与此相反，背面所写的大日本乾山的署名是多么地让人汗颜啊。而且这还绝不是无心之失，似乎为了发泄器体不是由自己亲手制作的不满，堂而皇之地写上了"大日本国陶者雍州乾山陶隐深省制于所居尚古斋"。我之所以这么说，是因为在他的书法中隐藏了不容否认的心理阴影。我们无法知道乾山出色的

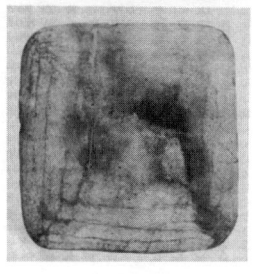

乾山方形盘

书法、有力的字体因为自责在多大程度上变得软弱、刻意、无趣。

我们来看照片中盘子上的绘画和书法，竹画寥寥数笔就尽得竹子风骨，书法更是完全展现出了乾山的人格魅力。从中可以看到，乾山面对自己偶尔亲手所做的器体时感受到的安心和愉悦。我们不正是通过这些，才得与陶人乾山促膝而谈吗？

昭和八年

乾山的画与陶

当世人在谈话中不经意地提到乾山时，是无条件地认为他是画家，还是认为他是陶人，又或是认为他是擅画之人、制陶名家？

在制陶巨匠中，仁清和木米的存在是不容忽视的。乾山与他们相比，可称为陶人吗？

在我看来，世人对乾山的了解程度还不足以令他们能够做出明确的回答，他们接触到乾山的绘画，就会感动于他的绘画，看到乾山的陶器，就会佩服他的陶器。他们既没有明确地认为乾山是画家，也没有确认他是陶人，自古以来人们只是说着乾山、乾山，就如同在做相似的梦一样记着乾山。

乾山不是像光琳那样的专业画家，他是作为陶人立于世的人，但是作为陶人，他尤其擅长绘画，自成一家，所以绘画遗作也不在少数。事实上，不能否认的是，人们对他的认识停留于"虽说绘画不易，但是既然他的主业是制陶，那么他的作品很出色吧""是制陶之余来绘画的吧"。

乾山方形盘

在判断乾山作品的真伪时，即使是相当有能力的鉴赏家也会苦于无法判断。

如果乾山只是绘画的话，鉴赏家们也能在心里对其有所把握，但是另一方面他作为陶人也非常有名，就算对自己的判断确信不疑的人也会觉得只凭绘画来判断的话有点风险，感到面对乾山时不能马虎大意。由于乾山究竟是更擅画，还是更擅长制陶这一点尚未明确，因此，鉴赏家们不知该视哪方面为本职工作来制定标准。在这样的情况下，鉴赏家们在进行鉴赏时都惮于下断言。

就我所知，有很多人投入巨资买到了乾山的赝作。这是因为乾山的绘画是一种业余式的画法，其陶瓷作品中也并非没有看似业余性的一面。如果购买意愿强烈的话，就会受骗上当。因为人们往往会贸然断定乾山的作品就是这样的。乾山一生完全没有本职工作的意识，所以他总是根据不同时间的心情任意创作作品。这也可以视为乾山的特色。因此，有意于收集乾山作品者，必须培养能看透乾山特点的能力。为此，仅仅喜欢他作品的纹饰是不够的。绝不可将绘画和陶瓷割裂为完全不同的艺术来看待。

昭和九年

木米的世界

青木木米，名佐平，字玄佐，幼名八十八，他将八十八这个幼名换成了米字，又从青木这个姓中取了一个木字，自号木米。又号百六散人、九九鳞。明和四年（1767）出生于尾张的士族家庭，天保四年（1833）六十七岁卒于京都。

他的制陶方法学于奥田颖川,并在粟田烧制陶瓷器。文政五年(1822)他的窑口成为青莲院宫的御用窑。与山阳、竹田等人交往密切。

世人传言木米作品中练泥制坯的工作都是由其助手久太所做,仿佛其亲眼所见一般,我对此持否定意见。当然,人们之所以这么说可能是因为木米有着超越一般人的学识,是所谓的学者,是因为他的工作展现出了特别高的见识和才能,以及在各种意义上,人们认为他应该从事更为高尚的工作,因此想把他从满身泥浆的练泥制坯的工作中解脱出来。

但是,如果木米有知的话,他也不想人们如此尊敬他或可怜他吧。比起这些,木米有他向往并自成一体的世界。他更想让人了解的是这个世界吧。

木米作　金襕手茶壶

当然,既然有久太这个助手在,久太肯定也做了某些协助工作,但是久太是久太,木米是木米,正如他们是完全不同的两个人,他们的工作也自然是不同的。因此,事实上，问题在于他的作品在多大程度上反映了木米本人。

世人传言，木米所作的茶壶，就算把把手倒着立起来也绝不会倒。所以人们只要一看到木米做的茶壶，就会特意做一下这个杂技式的把戏，然后假装内行似的表示佩服，一尽玩性。更有甚者，还有人争先恐后用一种危险的方法来做实验。他们把茶壶连壶带盖地倒转过来，还说既然是木米的作品，那么壶盖倒挂在壶口上应该也不会轻易掉下来。

所以，可怜的是，那些被判断为木米所作的茶壶，不知道还要因为这种过分的鉴定方法而身处险境多久。

但是，即使将这种方法视为鉴定木米茶壶真伪的最为便捷的方法，该方法也是基于木米对茶壶用途所做的细致考虑，绝非木米艺术的因素。

我们来看木米的这个"金襕手"茶壶，首先最具特点的是胎体上红釉的施法。看起来似乎是用笔随意地刷上去的，丝毫不在意厚薄。用普通方法来制作陶瓷精品时，往往会在施釉时刻意保持釉层厚度的均一。

木米大胆采用了一种看似杂乱无章的涂法，这种涂法看上去与那些粗陋彩瓷上的施釉方法相似，实则具有随意的、超越技巧的特点。这与其说是木米擅长的手法，不如说是他个性的一种美丽流露。是只有这个人的个性才能做到的一种技法，或许可以称之为无法之法。这种木米独有的看似杂乱的笔触所产生的美感，符合了一种自然的风韵，使得欣赏者更能从中获得乐趣，而且，还不会让人感到压力。

木米本身心境天真纯净，因此其笔下全无矫揉造作之气。没有粗鄙的斟酌，没有勉强的取舍。只有其中所投射出的个性本身。这种个性的集中体现，与木米独特的南画放在一起来看毫无矛盾，完全值得肯定。

其次，木米所用的赤绘原料也是特别优良的。如果不是如此的话，就算用再多其他的手段，也很难呈现出那样的色彩。他是从哪里如何得到这些赤绘原料的，现在我们已无法得知。一般认为是通过仔细研磨印度红才产生了这样的色泽，但是一不小心，混合的釉料中玻璃成分的不同，有可能使得期待的色彩落空，反而产生那种像糖果一样有光泽感的软弱轻薄的色泽。

仔细想来，木米应该是从他老师奥田颖川那里得到这种赤绘材料的吧。然后再加上了手上的操作技巧。良工选良材。如果不是真正的良工，就算有良材，也发现不了吧。在这一点上，不管是仁清还是保全，也都是如此。正是在这样的基础上，他们的工作才焕发出了真正的美丽。

在这个作品中，特别需要留意的是，金彩上添加的铜线的妙处。这种迟缓又流畅的趣味中可见古拙之处，且笔触之稳健前所未见，简直让人不知道该如何褒扬才好。

木米此人，该是有多自信啊。那些线条每一条都栩栩如生，与一般人所刻的线条以及其他枯燥无味的风格迥然不同。一条线中即可看出美学价值的高下。在木米的作品中，不管他所画、所涂抹的是什么，通过他的笔触可以触碰到他的内心，这一点应当是决定其作品价值的唯一依据。像木米的作品这样充满个性的东西，如果不了解作者本人的话，终究是无法理解其中真味的。

这个茶壶也有很多地方让人感到真不愧是木米所作。茶壶把手里侧釉药流动，并且只流到一半就停了，在上面涂抹上彩瓷颜料，从客人的角度来看，就像是为了不碍眼而特意如此的。这种随机应变，以效果为重的做法，都是他独特个性的展现。

我们再来看底边。一部分胎土形成了小小的两层，如果这是木米有意为之的话，可见他已经不甘于用木刷来进行修饰了。粗看似乎是没有做完就撂下了，其实是灵活利用了偶然出现的情况，将其转变成美化器体的因素。其灵机应变之处，可见天才木米的真容，不由得令人颔首微笑。

涂抹唐草花纹的金泥时，也是浓淡自如。一般涂抹金泥的时候会非常细心，就如同是把金箔剪下来贴上去一样，但是他却全然不是如此，与其说是他随意地避开了这种做法，不如说他从一开始就没有想在这方面留意。这也投射出了他天真烂漫的个性。真是毫无做作的、随机应变的、充满神来之笔的作品，不，应当说他只是将制陶的宗旨推向了极致而已。从这里我们也可以充分了解到他是一个具有何等特殊性的"工匠"。

昭和八年

奥田颖川作吴须赤绘小钵

今泉先生在其著作中写道："奥田颖川，名庸德，又名茂一郎、茂右卫门。颖川为其号。又号陆方山。享保年间居于五条大黑町，随制陶地点而居。"又说："学于清水的海老屋清兵卫而自成一家，善于模仿中国古陶瓷，深得其妙，至其精妙之作，几乎难以分别。"但是这种说法应该是今泉先生的疏忽之处吧。因为颖川的作品与中国陶瓷的区别是非常明显的。今泉先生还说"其中的吴纹赤绘尤为出色，若是没有铭文，都会认为是中国的作品"，但是这个说法也是不够妥当的。与此相比，奥田诚一在说明颖川的吴纹赤绘作品时所说的"其笔力劲健，描法奔放，为中国之吴纹赤绘远不能及"，更能让人赞同。

颖川的特点在于格调高。像六兵卫、道八等人的作品，人们常常评价说好或是不好，并没有什么大不了的。因为这些作品的格调大多较低。而颖川，他的作品是在木米之上，还是在木米之下，对于这个问题，大概没有人能够回答清楚吧。颖川的作品就是这样。木米作品格调之高，众所周知。如果其老师颖川的作品格调也如此高的话，那么我们很难想象木米从一开始受到了颖川多大的影响，才使其天才禀赋得以发挥。恰如铁斋自幼受到莲月尼[①]

颖川作　赤绘小钵

[①]大田垣莲月（1791—1875），江户后期女歌人，出生于京都。在家人过世后出家，莲月为其法号。常出售写有自己创作的和歌的陶器。

的熏陶。

事实上，在我们看来，颖川是一位格调极高、能进行稳健创作的杰出艺术家，并不是一个工匠式的人物。我没见过颖川的青花瓷中的出色作品，这些作品存世也不多，所以也不敢妄下断言，但是作为颖川来说，他在这方面应该也没有取得很大的成果吧。但是他的吴须赤绘数量众多，体现了他旺盛的创作力。

永乐保全似乎也很擅长仿制赤吴须，留下了很多漂亮的作品，但是大多是复制品，很少能见到他的创作能力。

而颖川首先是想方设法做出了万历赤吴须中最具特色的釉料——如薄冰一样白色半透明的厚釉，在此基础上成功制作出了赤吴须中的赤色颜料，这种赤色颜料不逊于仁清，也不逊于乾山，较之中国的大缸上最具代表性的赤色，也毫不逊色。

颖川试图将中国明代赤吴须中著名的大缸以及与此相似的赤绘日用品的特点应用于自己的创作中，但是他似乎并不喜欢复制这些样品，在器形和样式上都作了随意发挥。这个小钵也是如此，中国没有类似样式，体现的是颖川自己的喜好。

颖川真正抓住了中国明代赤吴须的"心"，他紧紧秉承这一点，但是在创作手法上又是非常自由的。所以，他的作品虽然精妙，但是并非是无法与之分别的作品。那么中国明代的赤吴须钵又是怎样的呢？它是颖川学习的样本，是颖川的老师，但是在当时是无意识地大量生产的用来盛面的容器，属于劣等瓷。而颖川模仿其而作出的作品，是具有思想上的见识的个人艺术作品。在作品的气势、创作意识，以及技术上，需要旁人无法追随的天赋。我们现在看颖川的作品，首先是陶瓷胎体的制作，其次是釉料的研究，再次是赤色颜料的制作、绘画的笔力、善书等方面，这些都是颖川独有的，具有旁人无法轻易追随的出色之处。木米因其对各种作品的模仿才能而被人认可，颖川以其专注于一种的坚持而立身，由此可见他们人格的丰富性，也才能真正地打动人心。

昭和八年

『明古青花』观

青花瓷是距今五百年前在中国明代被创造出来的。应该说在此之前，人们想看也看不到这样美丽利落的陶瓷。这一点大约是没有错的。

那么在此之前所生产的都是怎样的陶瓷呢？首先有汉窑的唐三彩，宋代有青瓷、彩瓷，其中又有一种被称为巨鹿瓷的著名瓷器。但是这些陶瓷大多创作主题较为沉重，所用釉料、施釉方法虽非随意为之，但是在通过釉色表达创作意图方面，远不及新出现的青花瓷。

当青花瓷被创作出来首次面世时，当时的中国人是多么惊讶，又是多么欣喜啊。在此之前，为了创造出这一新瓷器，人们在不断地研究，累积经验，某些技术也已经作为一些瓷器创作中的一部分而出现，但是他们肯定做梦也没想到，创造出来的瓷器的效果会是如此的出色。

之前做梦都没想到的青花瓷的这种明亮利落的美，而且这还是高温烧制的瓷器，其光泽，其釉色，都是迄今为止的陶瓷器中无法看到的。除此之外，青花瓷还可以随意造型，可以随意绘制纹饰，可以说不管创作多少，都可以无限地、随意地创作出来。事实上，当时人们的感动、兴奋之情，几乎是我们今天无法想象的。

这种惊喜、赞叹不仅仅是在中国，也很快传到了海外、国外。当然也受到了它的东邻，也就是我们日本的喜爱，无数的青花瓷被运送到了日本。而且，还深受以明朝皇室为首的当时上上下下的人们的喜爱，这更增添了它的发展势头。

看到青花瓷之后，当时人们的心情变得更加愉快开朗。这就如同是黑夜过去白昼突然降临时的心情吧。又或者像是一个日日夜夜只能看到莽莽高山的人，眼前突然出现了一片蔚蓝大海时的心情吧。

就这样，诞生于明代的青花瓷，也在明代达到了创作的最高峰。可以说，青花瓷的生命仅限于明代一代。产生于明朝三百年间的青花瓷，比起此后的各种青花瓷，在各个方面，都是最出色，最具有艺术性的。到了清朝之后，人们尝试着想要复兴青花瓷。在康熙年间、乾隆年间，都曾努力复制过很多。但是，正如其他所有艺术那样，这些努力最终困于因袭，止步于一种技巧范围内的逼仄的发展，也就是不断地重复技巧而丢失了精神，最终沦为一种形式化。其结果只是取悦了在艺术上浅薄的外国人——应该说是注重理性的白人。

在我国，也有数次试图仿制青花瓷。如九州的有田烧、伊万里、加贺的九谷瓷，乃至京窑都追随其后，但是由于国民性的不同、原料难以获得、年代的差异等原因，无人能出其右。青花瓷无人能及明青花——这样的叹息声即使没有说出口，大家也已经心知肚明了。

在日本，多少能够理解一点青花瓷的精髓的，不过木米、保全等寥寥二三人而已。

不过，波斯有一种瓷器，出现时间稍早于明青花，虽质量、创作构思上有所不同，但是都使用了钴料，在美的程度上似乎可以与明青花一决高下。但是，那也不是可以立刻拿来与明青花作比较的东西。即从一开始，作品的目的就是有所差别的。

明代的青花瓷，我们通常称其为古青花。所以，在这里，我稍微转换一下话题，来说说古青花究竟是指哪种瓷器。

但是我从来都是一个很讨厌以文献为依据来看东西的

人。想要一下子抓住事物的核心时,事实上文献是没什么用处的。不,很多时候,当我们以文献为依据时,反而会使欣赏东西时最重要的慧眼变得模糊不清。所以以文献为依据这件事,就算顺利的话,也只是一种为了抓住事物核心的方便手段,一种技巧。就像指着月亮的手指,我们不可能光看手指,就知道最重要的月亮是怎样的。我的这种解说,或许在不知不觉中陷入了一种毫无道理的独断,或是成了一种难以被人原谅的傲慢,话虽如此,我并没有任何其他的意思。我只是说我想要直接接触并看到事物的核心生命。所以,比如,就算我眼前放着山中商会的宫先生珍藏的带唐太宗铭文的青花香炉和相关文献,我也不会轻易认为这就证明了唐代已有青花瓷成品出现。当然我也会猜测这种可能性,但是在得出令自己信服的结论之前,我会一直观察它。

那么古青花是什么呢?我认为简而言之就是明代制作的青花瓷器。其他的瓷器,即使都以含铁质的颜料绘画,呈现茶褐色,与青花只有颜色上的差别,或是虽则材料、制法如何相似,也决计要将其从青花的范围中除去。只需将我国自古以来所说的这一概念再稍加强调,阐述清楚(即只限于明代青花瓷器)即可,并没有什么难的。而我在接触古青花时，往往会在观赏之后下判断，诸如这是明初的，那是明末的。当我这样下判断时，大多时候并没有客观的佐证材料，仅是根据我自己的经验一个个进行推断。但是没有一个事物的产生、发展、变化、消失是偶然的。这其中必然存在着最顺从的内心，它接受因果关系的支配，使得一切经过变为合理。古青花的发展分为初期、中期、末期，非常清晰，就如同看着一个人的一生一样，从孩子到青年，再从青年到大人。这就是我为什么说古青花的生命仅限于明一代，在明代我们的古青花可以说是散发出了万丈光芒。其主要的烧制场所在景德镇，而且是以皇室的御器窑为中心的。

因此，其使用的瓷土应该都是来自于离烧制处不远的地方，关键在于所使用的颜料。当地产的称为"吴州"，经波斯回教徒之手传入的钴料称为"回春"，从婆罗洲、苏门答腊进口的称为"苏泥勃青"，这种考证当然不是素来轻视文献的我该做的事情，而且到了现在，即使弄明白了也没什么大不了的，反正都是明代三百年间的事情，所用的钴料矿石总归或是产自当地（现在说是产自云南省），或是进口自波斯、婆罗洲、越南、苏门答腊吧。当然，这些钴料也各有不同，有品质好的，也有品质不好的。至于矿石的粉碎方法以及发色也有各种说法，说吴州颗粒较粗，发色偏黑，回春颗粒细腻，呈现出的颜色较为鲜艳等等。但是这些说法并不是看过真实的材料之后做出的判断，而是依靠文献所做的推测。这些文献往往是前人在欣赏传世的古青花作品之后，以旺盛的想象力编织出来的，并不十分可靠。

但是，从我的制陶经验来说，瓷器烧制出来的呈色反映了由窑中温度的高低、火焰的缓急等方面带来的种种变化，如果将窑变的呈色分离出来，单独只从呈色来考察原釉的话，往往会将事实带偏。所以，我认为真实地接近作品，不拘泥于细枝末节，抓住作品的精髓，比什么都重要。

接下来我必须就我自己的所谓"虫眼之辩"稍作解释。拿到古青花的人往往会发现在器物的边缘或是角落会有釉面脱落的现象，就如同被虫子咬过一样。虽然并不是所有的古青花都如此，但是大多数都难免会出现这种虫眼现象。

由此，我们发现，明代青花的大部分器物，其胎体所用瓷土（烧成之后不是陶，而是瓷）较差，当地没有现在我国九州有田瓷所用的那种纯白的、不含铁质的美丽的原料瓷土。如果将其制成素器，然后直接加上釉料烧制的话，由于瓷土中含有铁质，烧制出来的器物可能会呈现出青黑色，而得不到想要的纯白的效果。

于是，就像给天妇罗裹上面粉再油炸一样，工匠们从其他地方运来了不含铁质的白土，将其加水搅拌成泥状之后，像化妆一样刷在素器上面。在器物干燥之后，就像是抹了白粉一样。然后再施釉，入窑烧制。

因为除了这个办法，再无其他办法，所以这么做也没什么错。这么一来，确实烧制出来之后通体呈白色，但问题是，胎体的瓷土与像化妆一样刷上去的白土性质不同，在高温下的收缩度也有所不同。于是在大面积的平面上看不出来，在边缘、口沿、角落这些地方，化妆土就会跟胎体分离，浮在表面。当它不知什么时候与别的东西接触时，就会剥落下来。想必明代的人们也曾烦恼于这个问题，想要想方设法解决吧。

这也可以说是判断古青花的依据之一，而且也为器物平添了一份雅致，但终究是不如没有，现在价格昂贵的制式青花香盒几乎没有这样的瑕疵。从制作上来说，给器物素胎化妆的辛苦和繁琐以及由此产生的破损，肯定会给制陶者带来极大的烦恼。这就是只有劣质胎土的悲哀，也是制陶者多花两三倍的工夫和辛苦的原因。如果当时的中国能够发现类似现在京都地区所用的产自九州天草的原料石的话，这种古青花想必会做得更加出色，它的美肯定会令世人震惊吧。

但是在日本仿制的青花瓷，还有人特意下工夫做出这种虫眼的效果。这种做法实在是奇怪至极。

此外，据说中国的青花瓷是直接在未烧制的胎体上施釉的。证据在于，当我们仔细观察古青花的底足会发现，底足被修整时是连同釉料一起被修整的。这一点无关紧要，但是在日本的青花瓷中没有这种现象（因为日本没有在未烧制的胎体上直接施釉的习惯）。

这是因为在中国用瓷土制坯时，如果是圆形的，就用辘轳来做（底足以及附近的部分先不管），如果是要做成盘子，干燥之后就在盘子的表面刷上白色的化妆土（在未经烧制的胎体上），然后再干燥，接下来再用辘轳做出背面（除去底足部分），在背面刷满化妆土之后，再次干燥。当正反两面都刷上了化妆土并且干燥之后，再在正反两面同时施上灰质釉料（使表面变得透明），或是根据所做器物的不同，在正反两面或是内外两侧都刷上釉料，进行干燥。接着放到辘轳上，一边旋转一边修整出底足。

此时，胎体上的泥土和釉料被一并修整掉了。这种痕迹在日本仿制的青花瓷中是完全看不到的。因为在日本制作青花瓷时，是在辘轳上制作好器形，而且不用刷化妆土，可以直接进行烧制，烧制之后再在正反两面刷上釉料，所以底足部分的釉料和胎体不是同时做好的。

虽有点画蛇添足，仅以此代序。

（摘自昭和六年《古青花百品集》）

古青花的绘画以及纹饰

对于明代古青花的观察所得，在上卷中已有叙述。在这里我将特别对其绘画以及纹饰做些许考察。

明代古青花最能具体反映其当时的文化，这一点自不待言，同时我们也充分理解其出现的必然性。

特别是当我们将明代古青花的出现与南画的重要发展相对照来看时，就会发现这一点是无比明晰的。

南画与古青花，在两者的根本特点上是一致的。即与其他写实画、其他只有纹饰的陶瓷相比，意志起到了更大的作用。同时，智慧也发挥了更为理性的作用。唐宋艺术中常见的抒情元素，到了明代得到了有意识的转变，一切元素都处于一种积极的状态，刺激着作品本身的发展。

南画发展至明代，逐渐流于形式化，但另一方面，南画家们又试图通过绘画的表达，将一些不是来自直观视觉的信息融入作品之中。

但是，在今天来看，这种南画本身的刺激性倾向，不仅没有在整体上取得成功，甚至在局部上还助长了其形式化，真正的南画精神则被抹杀了。

虽说如此，但在其时代文化表达上的倾向，只要是与古青花相关的，都实现了一种美丽的成功，达到了一种"透明的愉悦"。

历朝天子对古青花的制作大加奖励。对于古青花的制作来说，这个时代具备了得天独厚的条件。不管是在材料上还是在工作上或是用途上，都没有妨碍其发展。

所以，在思考古青花的绘画以及纹饰时，主要有如下三点：

发展素描形式而成

追求图案形式而成

直接模仿已有画作

当然，这（不单指青花瓷这一工艺品）仅是从整体上系统区分的方法，从绘画以及纹饰的材料来看，又可分为嘉靖前后的所谓祥瑞风格的各种要素，以及变体文字纹饰，卷草纹，隆庆时期的动物画、花草画，万历的花鸟、山水、道释人物画等等。当然，要正确地对青花瓷进行这样的区分是很不容易的。

原本就没有一种瓷器像古青花这样在绘画和纹饰上有着无穷无尽不同的情趣。不是因为作品数量众多，也不是因为器形设计多种多样，而是因为这个时代的所有工匠都主动或被动地在青花瓷上投射了自己全部的表现欲，所以才有了青花瓷在这个时代的兴盛吧。

在众多的绘画和纹饰中，最能保持古青花诞生时的性质，并且展现了其核心生命所在的，是"发展素描形式而成"这一类，其次是"追求图案形式而成"，再次是"直接模仿已有画作"。

为什么说"发展素描形式而成"是最符合古青花的所有性质的呢？简而言之，如前所述，古青花的性质从一开始就放在了意志性的、理智性的线条表达上。（虽然全面接受了南画的影响，但是正如在任何器物、任何时期都没有采用大小米点笔法，从这一点中其实已经能够窥到当时人们的内心所想。）

"追求图案形式而成"或"直接模仿已有画作"，可视为发展素描形式时最重要的要素在工艺上的应用。细细想来，明代工匠在制作古青花瓷的过程中，似乎不太在意会生产出怎样的工艺品，相反地，他们会努力地在自己的作品中融入艺术价值。因此在这一点上，明代古青花既是艺术作品，同时也是工艺作品。是明代人生活的反映，是必然产生的结果。

又所谓陶画，从根源上来说，从古青花瓷开始才明确具有了最切合的含义。陶画的含义，在古青花上是明确适用的。事实上，如果不考虑古青花来谈陶画这一概念的话，是完全没有办法将其具象化的。

在古青花所展现的线条表达中，有着比名画更像名画，让人感叹不已的作品。细细看来，其线条表达，首先其线条的展开方向与一般的绘画极为不同，其力量无时无刻不作用于胎体。而线条表达的要诀，如速度的缓急、线条的粗细、笔画的轻重以及其他一切因素，都置于一种悠闲的紧张之中。这体现了智力的高度以及创作者安闲的内心。所以，其内容自然也是悠闲的、丰富的、追求自由的。

正因为如此，古青花瓷在绘画和纹饰上的表达十分出色，或是无忧无虑、畅快淋漓，充满象征性与创作力，又或是通过写意的手法，在作品中如实反映作者的心境。这种尝试是很厉害的，可以说是多多益善。之前我说过明代古青花的创作处于一种非常积极的状态，从这些方面就得以证明。

在自我觉醒这一点上，明代的陶匠真是非常聪明的，有冲劲，而且本身具有天分，因而才使得这些创作成为可能的。

我们看到那些特别在意图案纹饰的作品时，也可以做出同样的判断。看看包括以祥瑞纹饰在内的古青花瓷纹饰的多变性。这其中可能找到一个没有与作品完美结合的例子？这种完美结合的效果明快地展示出了一个大时代。

而且，这些纹饰还明显反映了那个时代的面貌，即文化。藤蔓纹、圆纹以及其他织物的纹饰又怎样呢？这些证明了当时明朝势力的发展，使得他们能够从国外引进这些织物。福、禄、寿等文字又是如何被运用到青花瓷上的？这些正象征了当时人们对生活的各种祈愿。如雷纹、冰裂纹、凹字、亚字等文字纹饰，无需多言，这些都是在当时的生活中被广泛应用的。（但是，真正关于祥瑞纹饰的研究，编者另有进行，不日将进行说明。）

不过，从明代整个时代的纹饰来看，比起直线的或是棱角的纹饰，曲线构成的圆形纹饰更具有一种美丽的、成熟的味道。

在今天，最值得惊叹的是，所有这些纹饰的表现，只用了青花一种颜色。当这种单一的青花出现在素白的瓷胎上时,其效果却远远超过多彩,它能够吸收所有色彩,并将其反射出来。较之青花,二次烧窑而成的锦窑的多彩样式不得不说是要稍逊一筹的。

总之,古青花以简约、劲拔、自由为核心的表达,及其有意达成的效果,是如此地浑然天成,但是到了"直接模仿已有画作"的阶段,时代也比较靠后了,纹饰堕落成了陶画,其目的与效果完全本末倒置了。作为例证,我们在清朝康熙乾隆年间精心制作的作品上就足以看到此种倾向。

关于古青花的纹饰,编者浅见如上。同时,编者认为必须要重视以泥土制坯时的"成形"问题。这种对于制作的研究性考察和谈纹饰一样,我并非没有谈的义务,但是这些工作对于专门的创作者来说接触得较多,对于一般的鉴赏家而言,则稍有疏远之感。为完成此项任务,日后将在他处再慢慢细谈。

(昭和七年 《古青花百品集》下卷)

陶瓷器个展中所见各创作者的风格

今年秋天,我凑巧参加了河井宽次郎先生每年都在东京高岛屋举行的创作展。河井先生的作品近来经过不断锤炼,逐渐娴熟,轻轻松松增加了作品之美,小生也从中获益良多。

但是,人天生的禀赋是无从更改的,河井先生是河井先生,浜田先生是浜田先生,富本先生是富本先生,每个人都展现了自己的个性和爱好,他们这种天赋的展现在观者眼里是颇为有趣的。

不管什么人做什么事,在个性之外还有先入观这一因素如影随形地影响着。这有可能带来好的影响,但也可能成为一种不好的诅咒,缠绕一生,使人不得不受其影响。创作者们不得不受其影响,每个人的创作在外形上和色彩上都有所不同。在这一意义上,上述三位虽则大同小异,但是也各有雅趣。并且这三位或多或少都受到了英国人里奇①的影响。正如其眼睛的颜色与我们不同,此人作品的风格也较为特别。如果再加上我这个晚于他们15年才开始制陶,并且常常惹人非议的人,制陶界就显得更为多姿多彩,热闹非凡了。

此四人的作品各有特色,这一点原本没有什么可惊讶的,但尤其值得令人关注的是,除小生之外,四位先生都不约而同地对日本自古以来的茶道式鉴赏毫不在意。也就是说他们对日本陶瓷鉴赏的最高处采取了轻视的态度。要说他们明确地采取了无视的态度,似乎也并没有,但是他们与茶道鉴赏,也就是被视为艺术鉴赏的根本流传了三四百年的茶道鉴赏毫无关系。这一点在他们的作品中表现得明确无疑。

远离茶道式鉴赏会带来什么问题,在探讨这个问题之前,我们必须要思考的是,他们为什么不采用茶道鉴赏。是他们不承认以随意的臆测作为鉴定理由吗,还是源于一种莫名的偏见?有必要对此进行探讨。在我看来,无论哪个原因,都是源自于谬误的自我局限。如果明明白白地是因为某个原因而不承认的话,那还说得过去,但是如果只

---

①Bernard Howell Leach(1887—1979),英国陶艺家,1909年来到日本,与富本宪吉、浜田庄司、柳宗悦等人相交甚密。

是因为茶道什么的太麻烦了所以不加以关注，以这样粗暴的理由拒绝茶道鉴赏的话，那就太遗憾了。那么自矜于此种态度的人，他的手下会产生出什么，他们又是以什么为依据来开始创作的呢？也只能简单归结为时光的流逝、现代的潮流了。

因此，现代情趣的一切，正如其所展现的，是一种对西方艺术风格的拿来主义，对传统的日本情趣的诀别。一部分人称之为创作。在日本画中，同样可以看到这样令人苦笑的情况。

那些涉世未深的年轻人欣赏此类艺术风格，也是情有可原。由此也难免招来那些不知缘由的茶道人的厌恶，但是茶道人也不可避免地被这些年轻人们视为时代的落伍者。

在此种情况下，上述创作者们为了投合年轻人们的喜好，专注于构思新样式。正如在舞蹈领域的舞蹈家们不断构思新舞姿一样。但是新舞蹈无论如何也变不成能剧。那只是透过西方人的绿眼睛看到的奇怪的日本。虽说如此，也未必就是胡乱一气的东西。

朝鲜，丹波，濑户，九州的这些陶瓷器，受西方的影响并不小。

但事实上，他们对被称为日常用品的陶瓷器投入了太多的关注。日常用品之美的优点在于，无论是谁都不需要太多的素养就能够轻易看出来，能够很快得到大众的认可。这种美的程度高低，在这里我姑且不论，但不可否认的是，它体现了一部分创作者的偏食。鉴赏上的偏食会令情趣趋于病弱。认可日常用品。也认可工艺品。正如人们所说，鲷鱼好吃，鲱鱼也好吃，要把所有的东西都吃过之后才能完整说出味觉和营养，美术工艺上的偏食所产生的制作是病态的，虚弱的。无法看到健康美丽的容颜。不是在这里自夸，小生正是抱着这样的觉悟，不停地试吃，以期增加健康的。但是，要吃尽世上所有有营养的食品当然是非常不容易的。不知道要吃到什么时候。小生目前也只是走在半路上，就目前已吃的而言，还是日本的味道最合口，是培养健康体魄的最好的营养。这真是太令人开心了。因为西洋的、中国的、朝鲜的味道我已经吃腻了。虽然偶尔还是会再拿出来品评一番，但是已经对日本的味道食髓知味的小生的身体，再囫囵吞下朝鲜、中国的日常器皿，也不可能变成营养，带来真正的健康。在这一点上，小生的工作是，把西洋风格中的长处引入进来，变成日本的风格。

无论怎样,我也不会是那些把日本的长处西洋化的人们中的一员。

昭和十三年

陶瓷器个展中所见各创作者的风格／

观河井宽次郎先生个展

今年我也看了你在高岛屋的个展。我去的时候你好像不在会场。

我不想再把你的老毛病拿出来毫不留情地批评，但是你在制陶时，练泥制坯的工作真是做得不太好啊。底足什么的，完全没做好。

但是，还跟以前一样，那些新的釉药是你的独擅之处，做得非常好。都做到这个程度了，那么下次请你配出带有古雅之美、闲寂之美的釉料吧。

另外，你的作品中有英国人里奇、李朝、柳说①这三方面的先在影响，这些给今天的你带来了非常大的负面影响。

这些先在影响，最初对你来说可能是有好处的吧，但

---

①即柳宗悦的理论。柳宗悦(1889—1961)，民间艺术研究家。致力于美术研究，提倡民艺运动。

是现在却反而成了一种阻碍。能不能一洗他们的影响,转换一下方向呢?

还有,虽然有些失礼,但我还是要说,你的绘画能力还需要不断提高啊。在绘画方面,你自己也很有掣肘之感吧。我常在想,要是你的绘画和书法能力能充分提高的话那该多好。

我虽然只在你家和你见过一次面,但是在分别的时候,你给我留下了非常好的印象。你是那么优雅、直率、年轻。

而且,你具有当今陶艺家中罕见的艺术家气质,这一点非常好。

帝展工艺的陶艺家们素质极差。虽然他们穿得了和服裤裙,也穿得了西式的晨礼服,但是无论怎样,在工作上工匠就是工匠。虽然多少也有几个例外。

所以,你也好,浜田和富本两位也好,你们的艺术家气质是何等可贵啊。因为这才是根本啊。

但是,让人头疼的是,这世上还是有人把艺术家的工作跟工匠的工作混为一谈。

要我说,河井先生,不管怎么说,陶瓷都是从泥土开始的工作。鱼屋①的茶碗价格高出天际，古备前陶也卖出高价，南蛮陶瓷②广受追捧，都是因为胎土的优良、泥坯的美观。只要练泥制坯的工作做得好，就算不画画不施釉，鉴赏的人还是能够看到其卓越之处，将其放在所有物品之首。就算绘上画施上釉，作为基础的练泥制坯的工作还是具有根本性的作用的。

坦率地说，你也好，浜田、富本两位也好，在练泥制坯的工作上过于疏忽大意了。而且，你们的画也好字也好，都不行。不过，这次看高岛屋展出的作品，你画的草画功大有提高。这样一来，浜田君也好富本君也好，都比不上你了。照这样下去，你会画得越来越好吧。但是，如果不能自由地画出各种画的话，也还是会有掣肘感吧。同一幅画，壶上画，盒子上画，茶碗上也画的话，也还是会觉得不安吧。尤其是把多个作品陈列在一起时，看起来也不太像样。话虽如此，如果你一直这样的话，你也有你自己的立足之处，不必太过担心。像那些在帝展展出的陶艺家，总是创作一些奇怪的讨人厌的东西，不也还是有人去

---

①高丽茶碗的一种。一般的鱼屋茶碗底足较高，口沿微微外翻。又写作"斗斗屋"。

②从中国南部、菲律宾的吕宋岛、越南等统称为南方的地区传来的陶瓷器。

观河井宽次郎先生个展／

看嘛？这个社会在这方面还是满不在乎的。

我的愿望是，难得你有这方面的天分，希望你能够成为站得更高的艺术家。然后希望能跟你深入交流。你可以想想，你也好，浜田、富本两位也好，我担心如果没有人干涉，任由你们一直这么发展下去的话，就算你们成了六十岁的老人，也还是会像今天那样光制作一些讨年轻人喜欢的东西。

就你的年龄而言，你现在创作这样的作品是没什么问题的。但是如果你到了六十岁还创作这样的作品，不会觉得很羞耻吗？

所以，希望你能够去除那些缠绕在你身上的先在影响。仓桥君在这一点上，也让我非常在意。我要说的并不是停止对民间工艺的大量复制。既然有目标，反正都是复制，那就把受世人追捧的名品都看一遍，把复制的对象范围再扩大一下怎么样？在同一个地方努力十年、二十年，也未必就一定是荣誉的事情。

你性格柔和，这是很好的，但是对于产生创作创意的人来说，这样的性格过于软弱了。当然这是另外的话题了。

不管怎样，不能因为被那些幼稚的、鉴赏眼光比你还低的无聊的玩家吹捧而自我感觉良好。老实说，对你的新作品感到佩服的人，都不是真正了解陶瓷、绘画的人，这一点不可忽视。真正了解的人很少买你的作品，这一点就是明证。有的陶瓷器不施釉不绘画，按分量卖钱，价格比金子还高。就算不在意金子的价格之类的，如果遇到这样的陶瓷器，一定要仔细观察它是怎样的作品。

你可以回顾一下你现在所做的各项工作，看看其中幼稚、不成熟之处，重新审视作为创作家的自己，是否会感慨万千呢？然后，我还希望，你既然是个人创作家，那么就把那些明确是个人创作家的前人，像光悦、长次郎、道入、仁清、颖川、木米，至少把这些个人创作家的作品都看一遍，了解他们做的是怎样的工作，以什么样的特质出名的。

昭和八年

观河井宽次郎近作展有感

河井宽次郎先生的制陶工作也是走向末世了。他作为一名陶艺家获得盛名大约是在大正八九年，此后到现在，这么长时间应该一直都是在制陶。善良、没有工匠习气、容易与人接近的他，深受后来的陶艺家们的推崇，一些年轻的陶艺家们很支持他的工作，在今天来看，毫无疑问已经是客户眼中的老陶艺家之一了。

可是他的制陶工作没有半点进步。不，应该说是在不断退步。至于原因，虽说不得不归咎于他的天分，但是也有他数十年来什么都没有学习的缘故。在一些肤浅的人的保护下一直处于一种安闲舒适的状态。最近看了他在高岛屋举行的作品展，都是一些无计可施下近乎沉默的荒唐之作，这实在是令人惊讶。从中可以看到视野狭小，懒于追求美的原罪。像这样一位深受众人喜爱的人物，如果晚年也能创造出色的作品，不仅是他本人之幸，对于后来者也

观河井宽次郎近作展有感／

会留下很大的积极影响啊。但是，他最近的作品是不行了。因为已经是毫无可取之处了。和他往年受欢迎的程度相比，今天喜爱他的人也几乎等于没有了吧。好几次他的展示会上都出现了毫无生气的情况，这一点他自己也应该是承认的吧。我想说破釜沉舟以观日后，但是也已经不行了。这可以说是一位从一开始就被世人所误的人气演员的末路。虽然很遗憾，但是我也必须在这里将他抛弃了。

虽说如此，让人绝望的陶艺人并不只是宽次郎翁一人。而是包括六兵卫父子在内的所有知名的陶艺家。我并不是故意只放弃他一人。

昭和二十七年

业余爱好者制陶不当筑窑

——在制陶上曾经触怒了前山久吉先生的我的错

一

我平时总是注意，不让自己做一些以后会后悔的事情，但是事实上却还是有很多让我悔不当初的事情不断地涌现出来，令我不知如何是好。

例如，前几年令前山久吉先生大怒之事就是其中一个严重的例子。记得事情发生在三越的四层，我的制陶展览会上。所以是在人群当中。对方已是耳顺之年，而我自己也将近知天命的年纪，两个人越说越起劲，不停互骂混蛋。这件事对我来说，想要不后悔都做不到。

事情的起因是制陶上的问题，双方的意见出现了分歧。

当时正是前山先生准备在镰仓自家的庭院中筑窑的时候，我说了一些多余的话。事实上我当时跟前山先生并无深交，但是我还是给他写了封信，上面写了很多讨人嫌的话，诸如还是不要筑窑了，如果是自己创作那还另说，如果只是命令工人去做，最终是做不出什么东西的。就算是准备自己创作……一个完全的门外汉就在业余时间转转辘轳，这样就算花上三年时间也做不出个猫食碗……

对此，一向好涵养的前山先生好像也有点欠思考了，他满脸通红，生气极了，他认为鲁山人自己很早之前就已经筑陶窑了，一边以此为乐一边做研究，到了我准备筑窑的时候却跟我说不可以。真是太无礼了。真是岂有此理。自私自利的家伙。

细想想，我明明有更好的方法，却夸张地说什么连个猫食碗都做不出来，也难怪人受不了。不必等到今天才认识到这一点，会被人挥舞着拳头骂"你说什么！"也是理所当然的。如果我是简单说出自己的意思倒也罢了，事实上我多多少少是有意去刺激他的，所以不管怎么说，这都是我不好。我常痛切地感受到，自己之所以常被人说鲁山人这人个性太强了就是出于这个原因。

我虽然确实受到了多余的开玩笑的心情的影响，但是我提出忠告的本意是真诚的，我是从内心深处真的认为作为鉴赏家而知名的前山先生最好不要筑窑制陶。这一点直到如今还是没有丝毫虚假,也没有半点开玩笑之意。

这是因为我很清楚地知道前山先生本人当然并无亲手转辘轳的打算,而且我也了解究竟有没有可能去让他转辘轳。

自己不亲手做的话,就会由别人来做。不用多说,不就是让工人来做吗?这样一来的话,就不是前山久吉翁的作品了,而只能是久吉翁下令制作的某某工人的作品了。这种可称之为御庭烧①,但是这种只有一个工人的孤单的御庭烧又有什么可取之处呢,而且那些被称为御庭烧的陶瓷器中也并没有出现什么了不起的名品,这一点前山先生也很清楚。这就是我的忠告的意思,也是我的话中之所以会对他而言带着一种不满的刺激的原因。

如果让前山翁来说的话……不,我现在就向大家介绍一段前山先生在三越楼上对我说的话……就算是远州也没有自己一个个削茶勺吧。都是让工人来做的。这就是指导……指导……通过下命令做出来的啊。他似乎想用这句话来批判我的制陶观,毫无顾忌地朝我大吼。但是这些话只是把前山先生没有真正理解艺术这一点暴露在了人前,对

---

①江户时代一些喜爱陶瓷器的大名、重臣在自己的城堡或是宅邸内筑窑,让制陶工人烧制出的符合自己爱好的陶瓷器。

我来说完全没有构成迎头痛击。而且还令人觉得万分可笑。在这里，我想说一下我的浅见。

一、前山先生的第一个错觉是把一代宗师小堀远州宗甫和自己看作是同等的人了。

二、前山先生没有注意到，虽然都是工人，但是远州所处的时代的工人与当下那些只会唯唯听命的工人在素质上、在技术上、在想法上都是不同的。

而且，虽然不能说前山先生在制陶方面毫无知识储备，但是从整体上，可以毫不夸张地说，他在这方面知识是不足的。

这就是我不得不劝告前山先生放弃制陶计划的原因。

说这些，可能又会激怒前山翁，怒斥不逊的鲁山人直到现在还把人当傻瓜。虽然可能说得不全面，但是我还是想着如果能够一点点把"业余爱好者制陶不当筑窑"的理由具体说清楚的话，可以令读者、不，是令前山翁从心底接受我的忠告，不再对放弃筑窑一事抱有不舍之意。为此，虽然可能会给当事人带来麻烦，但是我还是准备举出住友宽一先生制陶失败的例子，也将顺便提到赖母木桂吉先生的九谷窑（？）一事。不得不提到这几位，还请原谅。当然我并不是故意说他们的坏话，而是觉得在这一点上，这几位先生的经历未必没有可供参考的价值。还请诸君在阅读时多加判断。

$$（二）$$

为什么业余爱好者不当筑窑？我总是用惹人讨厌的口气回答说答案不用多说，因为反正是做不出什么东西的。虽说如此，根据本人所抱有的期待的大小，也不能一概否定，但是至少对于像前山翁这样的人来说，他们最终的期待是很大的，所以不得不说那都是无法实现的。换做是制作伊贺陶的某先生、住友、岩崎那样的有钱人、赖母木先生那样的爱好者，反正也同样是做不到的。从我的常识和经验出发，无论何时我都可以毫不客气地断言，他们都只是轻率地误以为陶瓷器是漫不经心就可以做出来的，然后徒然地去追求罢了。

对此，我知道肯定会有人指责我多管闲事，但是我还是想把这个问题剖析开来解决掉，所以还是想要解释一下缘由。为此，为了举例方便，举了前山先生的例子，因为之前跟前山先生有过不愉快，所以我也慎重考虑过这个事，但是上述这些曾经筑窑的业余爱好者们，直到现在还在专心研究陶窑的只有前山久吉翁一人，可以说他是把自己整个身心都奉献在上面了。虽然举前山先生为例，但我并不是故意想要以他为对手开战，这一点还请前山先生谅察。

住友先生是抱着怎样的期待开始制陶的，这一点我并不太清楚……但是从他向铁城学篆刻，又临摹富冈铁斋翁的画自己发表这些事来看，应该是一个爱好很广泛的人，而且他还曾投入巨资复制清湘老人的画散发到社会上，从他作为一个爱好者的这种特点来看，不难想象对于陶瓷器他所期待的目标在哪里。不管怎样，他是住友财阀的少爷，应当视其为不知人世艰辛的公子哥儿。不知道是否是出于这个原因，总之他把一位制陶家I从京都邀请到了镰仓，建了一个很夸张的陶窑，实现了夙愿。但是他的制陶时间非常短暂，事实上不过数旬。最终他的暴脾气发作了，以失意而告终。这一结局在我看来再正常不过了，但是这段短暂的时间还真是令人同情。

不管是住友先生，还是岩崎、前山、伊贺、赖母木诸位先生，决意于自己家中制陶为乐的这种兴趣，我也深有同感，都是狠心下的决定。

虽则如此，他们的决心无一不是化为了一场短暂的梦境，最终满怀遗憾却又不得不悄无声息地结束，这又是为什么呢？原因并非其他，而是因为一切都是出于轻率的决定。因为大家都满不在乎地、轻率地认为谁都可以把陶器师招到手边，可以随心所欲地烧制出陶瓷器。为了烧制伊贺陶而筑窑的人委托横滨的一位名叫M的、与伊贺信乐陶关系甚远的制陶家，期待再现古伊贺陶，这种做法，如果让我直说的话，实在是太欠考虑了。

前山翁最初想要制作仁清风格的陶器时，也是拉了京都的一位名叫K的制陶家，想要靠他来实现自己的梦想。聘请美术学校的学生在陶器上画上仁清风格的绘画。这么做看起来似乎很聪明，但是直接作为前山翁的作品则是太过莫名其妙了。而且，在这一期待落空之后，他又转向了濑户系陶器，想要制作出像志野陶、黄濑户、织部陶这样雅致的陶器，他所有的准备工作都似乎朝那个方向努力了。但是，遗憾的是，这次同样也没有经过深入的准备，没有经过细致入微的调查。跟最开始的时候拉了对仁清毫无理解的制陶家来制作仁清风格的陶器这种错误一样，还是毫无进步，轻率地就开始着手试制濑户系陶器。在这件事上，如果我所听说的没有错的话，当时出于种种情况，他受到名古屋的一位声名狼藉的古董商A的逼迫，被迫去关照一位单身的濑户陶工。于是最开始选拔出来的陶工A说不愿意做这么小的工作,接下来的陶工K,身心都没什么负担,就前往前山宅邸转辘轳了。接下来,这位陶工与前山翁之间的角力不知道是否有胜负,两人相对各种互相忍耐的日子直到今天也还在持续着。

虽然我知道自己说这些话肯定会被当作故意揭露这些麻烦事,但是我在这里还是不得不讲一下,是因为前山翁的令人吃惊的误解。确实,前山先生与茶道结缘之后,不管是中国陶瓷、朝鲜陶瓷还是日本陶瓷,不停地赏玩所有的名器。然后他看到像我这样的爱好者也开始着手制陶了,于是肯定就想着自己也要做一做,成功开创出一份事业,这种自信……这份聪明……都被寄托到了制陶这件事上,急不可待地想要在短时间内重现志野陶、黄濑户等等。

为什么那么多聪明的爱好者们都不约而同地草率行事了呢?为什么最后都不争气地以失败告终,唯剩苦笑呢?既然是男子汉大丈夫立志要做的事情,像这样事情的发展瞬间就违背了自己的志向,不觉得很遗憾吗?诸位先生不知道出于什么原因在制陶方面全部都尝到了失败的滋味。

要我来说,这个原因也并没什么不可思议的。也并不是由于出乎意料的情况而遭受的挫折。也就是说诸位先生的愿望与他们的准备之间存在着分歧。诸位先生在将要制陶的那一天为止做了哪些准备呢？吸收了多少制陶上必备的素养呢？拥有了多少制陶的经验呢？坦率地说，我认为"诸位先生可能什么准备都没有做"，在这一点上，诸位先生固有的才能不是变成了打在自己身上的大棒吗？

陶匠们可能做不到，但是如果我在自己家里指导的话，想办法的话，运用我聪明的大脑来做的话，青花、彩瓷、九谷、濑户、唐津、朝鲜、中国，全都不在话下。就是我……就是我……凭我的大脑，我的知识，我就像鬼怪，铁棒一挥①，有什么事情是做不到的呢。这个铁棒就是陶匠，陶匠啊，跟我来……像这样，诸位先生轻率地认为可以用某种手段来创造出陶瓷器。确实，我也承认，现在的五条坂出售的和帝展上展出的东西，是可以用某种方法做出来的，但是我还是要断言，像诸位先生所期待的艺术品……陶瓷器名品……只用这种一成不变的方法是做不出来的。大家可以试想一下。因为想要做的是陶瓷器，所以聪明的诸位先生也都马虎大意了，但是如果换成是画的

---

①这句话来源于日本的一句俗语"鬼に金棒（鬼怪拿铁棒）"，意为如虎添翼。

话，大家可以想一下，有没有可能用某种方法来创作出名画呢？雇个愚蠢的画家来，用某种方法让他画出名画，这种事能不能做得到呢？大家可以想一下。

我猜诸位先生可能是大意地相信了古时候宗和造就了仁清这一传说了，想要当一回再世的宗和吧……但是，我认为，即使没有宗和，仁清也还会是那个仁清。如果有人认为是宗和将原本愚笨的仁清变成了天才的话，那么我想这个人应该是个无可救药的傻瓜。更不用说那些自比宗和的人的力量，更不用说那些陶匠身上并没有发现可与仁清相比拟的天才，他们不曾经历过千辛万苦，他们不曾质疑问难，更不曾博览群书，而且还想立刻就到达彼岸，这种做法，实在叫人叹惜。

三

业余爱好者筑窑，其目的是在于大量生产以获取利润呢，还是在于制作少量的佳品呢？这一点不必特意去问。既然这样想要生产出少量佳品，沉湎于这种优雅乐趣的话，那么作品是由谁创作的这一点就是关键所在，这一点不是理所当然地会成为关注的重点吗？因为如果没有出色的作者就不可能生产出优秀的作品，所以大家都会去想作者是谁。

如果以住友先生的例子来看的话，是京都的I先生监制，其下有两三个无名的工人。以前山先生的例子来看的话，刚开始是京都系的工人，后来是濑户系的工人，而且总是一两个人。再来看赖母木先生的筑窑，情况稍微有点复杂，据坊间传言，这并非是赖母木先生完全为了自己的兴趣所建的窑，而是与加贺山代温泉的所谓九谷窑的某位先生（从商之人）妥协的结果，或者说是考虑了一举两得的结果。他这里也没有什么特别的工人。

在这样的情况下建造起来的诸位先生的窑中是不可能生产出优秀的陶瓷器名品的，冰炭不言冷热自明，这一点不用我在这里多说也很清楚了吧。原因不用多说，自然是因为他们各自都没有足以生产出名品的创作者。名品不是像天下雨一样，在任何情况下都会自然产生。它是由某个人制作出来的。在这一点上，没有创作者却奢望能制作出名品的诸位先生，是出于何种常识开始筹划，又是出于怎样的计算而期待那样的结果的呢？对此我实在是感到极其的不可思议。

刚刚我也说过，可能诸位先生草率地认为凭自己的指导力，就能够制作出古代留下来的那样的名品，如果他们真是那么想的话，那么希望他们能够反思一下。正如我在之前所说的，如果换成是绘画的话，各自的指导力能够在即使没有云舟①、牧溪②的情况下也诞生出三乐③、元信④、桃山艺术吗？我敢断言，优秀的艺术、优秀的美术，不是在小小一个人的指导力下能够诞生的。更何况是有个性的艺术呢。

前山翁认为自己完全没有错，在说到陶窑的工作时，说从他自己的经验来看，这不是一代两代人的研究就能完成的。这简直就把筑窑制陶比喻成了科学发明，暗示了自家陶窑的不成功，这不就是人们所说的遮羞吗？

前山翁说他烧制的志野陶釉色不如人意，火色出不来，黄濑户的发色也不像想象的那样好，要让这些问题成

---

①原文为云舟，但日本室町时代、桃山时代无相应人物。推测应当为雪舟。雪舟（1420—1506），日本室町时代后期画僧，日本水墨画集大成者。

②牧溪，宋末元初画僧，生卒年不详。其绘画笔墨淋漓，颇具禅意，多流传于日本，对日本禅画的发展产生了巨大影响，被称为"日本画道的大恩人"。

③三乐，狩野派画家。大致生活于安土桃山时代。是狩野画派全盛时期的掌门人狩野永德的得力辅助者。

④狩野元信（1476—1559），室町时代后期画家。将中国绘画风格与日本的土佐派大和绘的手法相结合，为桃山时代的狩野画派风格的成立奠定了基础。

功解决，光靠一两代人的研究是不行的，我想他说的应该是这个意思吧。但是他只在一两个工人的协助下，在两三年间只用业余时间来做研究就能大喇喇地说出这样的话，也未免把自己看得太无辜了吧？

更何况自古以来就有名家无二代的说法。光悦之后无光悦，道入之后无道入。道入之前也无道入。仁清之前无仁清，仁清之后也无仁清。前山翁煞费苦心（？）想要制作的志野陶也是前无古人的。在初期志野陶的时代之后，同样后无来者。前山先生仅凭着两三年的经验，为了辩解自己制陶的不如人意，就公然说这不是一代两代人的研究所能做到的，我认为他是过于推卸自己的责任了。作为实业家的前山先生在一部分人看来是一位以聪敏而著称的名士，但是在窑业艺术上，不得不说他的才干实在是令人费解。

而且，事物不一定是理解了然后就能做出来的。不，应该说是就算理解了也不一定能做得出来。可以说，理解与做出来完全是两码事。

我想令上述诸位先生产生误判的，大约就在这一点上吧。举例来说，比如理解书法的眼力好的人，不一定自己就善书。理解牧溪，理解梁楷①的人，不一定自己就会画画。

像前山翁这样，自认为对仁清有所理解，但就算是这样，光是把工人叫到自己家来，也是无法再现仁清的艺术的。即使拥有和仁清一样的天赋，如果不是自己亲手去制作的话，也不可能再现仁清的陶器。更何况被那些连制陶方面的概念知识都不具备的、业余爱好者所雇佣的、以挣日薪为目的的工人、美术学校的学生，他们手下是不可能诞生出像仁清那样的陶器的。在此种情况下，还能够单纯地认为自己轻而易举就能获得成功，不得不说是一种旁若无人的妄想。我已经重复说过很多次了，出色的艺术是不可能用他人的想法、设计来实现，来获得成功的。

有价值的艺术产生自有卓越天赋、高尚人格的人的见识，产生自其熟练的技艺。也就是说，有了出色的作者才会有出色的作品。我希望大家能够明白的是，它绝不可能诞生自外行人的多管闲事或者小小的权力。

在这里，我希望作为业余爱好者的诸位先生能够认同这一制作上的真理。我想已经废弃了陶窑的诸位先生因其

---

①梁楷，南宋人，生卒年不详，是一位名满中日的大画家。其绘画风格简洁生动，富于禅意，深受日本人的喜爱。

苦涩的经验，今天也会有跟我一样的想法吧，但是对于现在还在坚持制陶的前山久吉翁，希望他能够明白无论怎么做他都不可能达成目标的原因。这是因为我希望前山翁作为单纯的鉴赏家或是出色的陶瓷爱好者，能够完全发挥出他的作用。因为我不希望他作为陶瓷爱好者的金箔，不要因为不上不下的制陶的失败而被丑陋地剥落下来。前山翁在古董购买方面，是商人当中被议论最多、深得好评的人，但是，总之爱好者就是爱好者，而且他属于最出色的爱好者之一。不管前山翁购买古董的方式是否真如古董商所说的那样绅士，但是他是一名独具眼光的爱好者，这一点就我看到的也是毫无疑问的。

即使就这一点来说的话，前山翁接下来如果能够废弃陶窑，也是非常明智之举，不知道会令他的形象提高多少倍。人生在世，在一定程度上需要坚持自我……但是也不能采取出了圈也还是不肯承认自己失败的这种乡下相扑的方式。胜了不一定就会获得赞誉。败了不一定就丢脸。哎呀，我又失礼了，稀里糊涂地又开始班门弄斧了……为我离题的话，深深地道歉。

（四）

我又拿前山久吉翁的制陶游戏为例了，真是太对不起了。这么做有可能会引发误解的危险，我自己也不是不担心，但是现在很多人自己筑窑，想要烧制出理想的陶瓷器名品，并热切地期待着成功，所以我也自然而然地就关注到了这方面。这当然不是因为是前山翁所以才故意以他为例的。这一点我想前山翁本人也应该能够充分谅解，只能请他暂时作为业余爱好者不当筑窑的参考资料了。

前山翁最初制陶的目的似乎是那个伟大的人物仁清。据说他想着先让工人转辘轳做出仁清风格的陶胎，然后再在上面绘画，为此可以想见的，聘请了美术学校的学生。这些事情是我在闲聊时从一位预计将会担任美术学校校长的某日本画教授口中听到的。

我知道这些事之后，既对前山先生感到同情，又不得不苦笑。我不知道前山翁是如何理解仁清这样一位大天才的，但是胸怀大志，自信可以重现仁清这样特殊的存在的前山翁，聘请一位美术学校的学生，拜托他画上仁清风格的绘画，以此来达到自己的目的，这种做法实在是很难让人认为他对仁清是有了解的。如果我是前山翁的话,我就会明白如今的陶画家所画的仁清,并不比清水坂上出售的陶瓷器上的仁清更高明。

找的是美术学校的学生,跟工人不一样,只要指导一下就能理解,就能画出不粗俗的画,给他们看看真品解释一下就能获得成功,这么想着就仿佛是有了绝妙的创见,会为此暗自窃喜吧。如果真的是这么想的,那么在我看来,前山翁的绝妙主意(?)实在是一种让人无话可说的、由可怕的矛盾和错觉构成的一种不合常理的想法。

作为日本陶艺史上了不起的陶艺创作者,而被视为日本的骄傲、日本的国宝的仁清,我这么说可能太不客气了,但是我还是要说,像前山翁这样在此之前对陶瓷器制作毫不关心的人,出于一时兴起、一时心血来潮,是不可能再现名匠仁清的风采的,这一点已是洞若观火了。更何况想要以一介美术学校学生的画功来重现仁清,这种做法可以说是出人意料的妄想了。

如果仁清是这么容易就能再现的话,那么他就不会被人们那样珍视了,这不是理所当然会得出的结论吗?如果是这样的话,那么特意想要再现仁清而努力的行为也难逃矛盾的指责吧。

业余爱好者制陶不当筑窑　/

虽说是僭越了，但是我还是可以毫无顾忌地断言，现在的陶匠中没有一个人是理解仁清的，也没有一个人是像他那样制作的。在陶瓷器上绘画，我也是持同样的意见，认为绝不可能以当下的人重现仁清。别说是一介美术学校的学生，就算是教授，是其他的大家，这些人的笔下也是不可能诞生出仁清的，这一点我可以保证。这是因为现代的新画如实地反映了其内容的贫弱。在这中间，如果硬要选拔出合适的人（？）的话，当属靫彦①、古径二位先生的画技和人品。老是偏题真是不好意思，不过不客气地说的话，现在的画家所画的画，只有漂亮的表面，作为艺术必备条件的内容却是看不到的。就像是插花、切花的美。粗看似乎这种美与有"根"的东西的美并无区别，但是由于它原本就是没有"根"的，所以再美也不可能结出果实。仁清是一个伟大的天才，在约300年前还未诞生纯日本色彩的精制陶器的时代，首次成功制作出了精制陶器。另一方面，在那个各方面都受朝鲜、中国强烈影响的时代，只有他一人似乎完全不知道朝鲜、中国的存在，创作出了具有纯粹日本风格的精制陶器。就算将其绘画、其制坯、其

---

①安田靫彦（1884—1978），日本画家。擅长历史题材绘画，其绘画风格高雅简练，被称为新古典主义。

图案看作是仅仅表现出了仁清这一艺术特色、这一创作上的见识，今天他的作品不断地被选为国宝亦绝非偶然。因此，能够着眼于仁清这一伟大艺术家的作品，并期待再现这一艺术的前山翁的爱美之心、勇猛之心和不厌潮流的努力，真不愧是前山翁，我不得不感叹并赞赏其进取精神，然而可惜的是，在实现这一目标上，缺少有识之士的深思熟虑，轻率行事，专断独行，偷偷地拉来了一两个京都的陶工，做起了必然会成功的美梦，又想让学画的学生轻易画出仁清的深远绚烂，让众多的爱好者、鉴赏家、爱陶家们吃惊赞叹，为了这潜藏的野心而筑窑，这不得不说是智者千虑必有一失。这种做法，作为在过去漫长的岁月中备尝艰辛，终于如愿获得了今天的成功的前山久吉翁的行为，实在是让人难以理解，倍觉遗憾。

不过，一向努力的前山翁在自家的窑中经过几次失败之后，意识到最初的想法事实上以失败告终了，为此他似乎有了幻灭感，再现仁清的企图不久之后就被放弃了……我从别人那里得知了这些。

此时……此际，如果前山翁能够认识到制陶非易事，不拘泥于些微的遗憾和在世人面前的坚持，老老实实地放弃所有制陶的念头，断然废弃窑，成为更宽阔的世界的指导者的话，他的聪明与男性气概将会转祸为安，给大家留下良好的印象，但可惜的是，他再一次改变了舞台装置，换了演出题目，改了广告牌，又开始进行演出了。这一次还是以失败告终。同样还是没有抓住隐退的机会，让人倍觉遗憾。事实上，在他再次演出时，我对他再次表示同情之余，只能强忍苦笑了。

就这样，此后，他以更上一层楼的见识……计划重新制作年代更为久远的、当下流行的黄濑户、志野陶，为之聘请了一位濑户的工人。

前山先生似乎是一位考虑问题很简单的人，这次他似乎想要凭借一位濑户陶匠的力量，一下子全部重现古来有名的志野陶、黄濑户等被称为织部时代的艺术古陶。大约两年之前我与前益田钝翁见面时，他曾说：

"前山来过，很嚣张地说最近一定会烧制出志野陶来拿给我看……"

我突然听到这话，有点吃惊。然后想都没想，就立刻回答说：

"这不可能吧……不管是前山先生还是谁，这都是不可能的。因为现在再没有能够做出这些的人了……或许未必没有人能做出外形上像志野陶或是黄濑户的陶器，但是肯定是缺少生命力的,所以虽然看上去很相似,实则在价值上,肯定是没有任何艺术价值的。所以根本不值一提。我并不是要对前山先生评头论足,但是如果允许我直说的话,不好意思,我认为前山先生目前对于制陶的认识,足以怀古,却不可能制作出他想要的东西。"

钝翁哈哈大笑……

"是啊,这可不是那么容易就能做到的啊。一是已经不再是那个时代了,再一个像你说的,也没有创作者。但是前山非常自负,既然说了要烧制出志野陶来给我看,不是也很有意思吗?"

但是,了解此时前山先生自负的内心的,或许就我一人吧。当时他从志野陶的原产地大萱得到了被认为可能是古时候烧制志野陶时用的陶土。为了得到这些陶土,他是如何煞费苦心的,这里面又有很有趣的新闻。那时候,我在星冈窑的一位名叫荒川的研修生的帮助下,发现了志野陶的古窑址,接下来就在山间探查陶土以及其他的颜料土等材料,终于发现了这种陶土,并将它带回到了镰仓的星冈窑,之后,经常来星冈窑找我说话的前山翁从他所雇佣的濑户工人某和在我的窑场中从事濑户系陶器研究的A的话中得知,制作志野陶的陶土在大萱被发现并被带到了星冈窑，某工人还被他告诫千万不可告诉他人……接下来，不妙的是，性情直率的前山翁特别重视这一好消息，一直拼命地想着土、土、土，费尽心思想要得到志野陶土，最后终于得到了。据村里人说，光是公司员工一样的特派员就特意往美浓久久利村去了三次，雇佣的工人某就不用说了，还麻烦了濑户的T先生，费了好大的力气。这些事至今仍作为村子里的有趣的话题流传着。

其中有这么一个想想都让人累得出汗的经过：前山翁最初从某位工人口中得知志野陶土被发现一事时，就亟不可待地贸然认为只要得到了陶土就能够立刻烧制出志野陶，所以才赶紧派出使者奔赴山间。但是纯朴的村里人出乎意料地有节操，认为这是星冈窑的A发现并出资发掘的洞窟中的陶土……所以不管前山翁的使者如何软硬兼施，他们也都没有允许。前山翁很着急，又往山里派了几次使者，说动了村长，以村里的利益为条件进行谈判，最终出资〇〇〇得到了心心念念的陶土。

而且，他还积极地向星冈窑的A和我做工作。这一切的目的，不用多说，自然是为了在当时的情况下，秘密找寻对策，制作出志野陶、黄濑户给某某看，全然是出于他的一片孩子气。

但是,与艺术的成功必须是由主观信念支配下的实际行动不同,前山翁的制陶态度从一开始就完全是客观的。"通过指导让别人来做"这首先就是客观的。"认为有志野陶土就可以重现志野陶"这也是客观的。这些正是无论怎样他都不可能达成目标的原因所在,我们在一旁看着,也不免会感到着急。不过需要补充的是,这样的例子并不只是前山翁一人。

五

虽明知有僭越之嫌,但是我前面的四篇文章中还是稍稍阐明了一下道理,即身为业余爱好者,出于一点点爱好就轻率行事,急不可耐地运用资材,不顾一切地筑窑,一味徒然地期待制陶的成果,也不反省自己究竟有没有为达成目标做好充分准备就开火烧窑,这不是一个有智慧的人应当做的事情。

但是,作为例子,主要举了前山久吉翁筑窑的事情,这是因为现在只有他还在烧窑,所以就不得不以他为例,但即使如此也还是给他带来了很多麻烦,这一点先在这里再三申明一下。

虽然如此，估计还是会有人指责我说这么做不是太过分了吗。但是这就是我每次遇上事情都会被人指责鲁山人个性太强了的地方，这一点我到现在也无法改变。

想必读者也好，前山翁也好，都会不停地说明白了明白了，已经明白了，已经明白了呀……吧。

鲁山人说的意思，简而言之就是，既然因为喜欢而筑窑，那么就要自己做所有事情，只有自己创作了才有意义这一点，是吧？明白了。

想说的是，虽说是自家的陶窑，但如果让雇佣的工人来做的话，是不可能烧制出御庭烧的，也就是说，是不成其为艺术的伪艺术，是吧？明白了。

然后，还想说的是，如果要自己创作的话，那么首先就必须要达到一定的鉴赏水平。要善书，绘画也要达到非同寻常的境界，是吧？明白了。还想说，因此像伊达①那样是不行的，必须是诚心诚意发自内心的工作，是吧？明白了。

还想说，天才式的神技也是必需的，是吧？明白了。

---

①指的大约是宇和岛御庭烧的事。江户时期宇和岛第二代藩主伊达宗利(1635—1709)在元禄年间隐退之后开始筑窑烧制粗陶,在京都一位陶匠的帮助下获得了"御庭烧"的称号。

还想说，好的陶瓷器不是光用土就能做出来的，也不是靠釉料做出来的，不是光凭学校里所学的那点制陶知识就能做出来的，画家的那点画技来给陶瓷器上画的话，画不出什么好东西，是吧？

还想说，现在的设计师的水平根本设计不出什么，帝展上的工艺品已经无药可救了，是吧？明白了，明白了。……

可是这么一来，天下有资格制陶的人，不就只剩下鲁山人一人了吗？好了，别开玩笑了。我只是希望大家对制陶的认识能够提高到这个程度。

我并不是一概否定说所有业余爱好者都不能筑窑。

座边师友

孔子曾说与益友交往会给人带来益处。大概谁都会天生感受到这一点吧，只不过像孔子这样的人物明确说了之后，这种感觉就会更强烈了。但是，这里所说的益友并没有指定是活着的人吧。世上很多人对这句话的解释是，受益者和施予者理所当然地都是活着的人。但是，把益友的范围限定为人，这过于想当然，也过于愚顽了。

我曾经在银座的商场中看到过那里举行的一场展览。是通过陈设某位明治以后著名作家的遗留物来展现一流文人家庭中起居室、书斋的实景。那是令人吃惊的、由庸俗的必需品构成的生活，除了书籍之外，文豪的日常起居室是非常凄惨的，完全没有值得一顾的艺术系统、美学情趣。

这说明他们的座边没有无声的益友。不，他们还允许无声的恶友同席。我这个比喻可能有点老，但还是要说，世间森罗万象，只要具有美的内在，通过正确的接受方法，都可以成为益友。此外，过去的人们，也就是我们的先辈们所遗留下来的诸多美术艺术，我们是应当称其为益友还是尊为师长，这个可以由大家自己的见识来决定，但不管怎样，前人所遗留下来的艺术，很多都闪烁着我们无法企及的光芒，令我们惊叹不已。我们带着这份感动，将它们视作孕育我们的母亲，视作神佛，期待它们能够将自己引导向更高处。

我自己是对此深有感触的。我一生沉浮于味觉的世界，缩小了益友的范围，对此，我并非不后悔，但是益友并不仅限于人这一点，或多或少有益于我愉快的生活。

本杂志（《独步》）每一期刊登的"座边师友"都是关于美学的小品文，幸免于被典当或被偷盗而残存下来的极为贫乏的古物，是给我的作品或是其他行为带来某种启示的老师。正如同没有一种戏法是没有诀窍的，谁都有自己的蓝本。

近来，我常听说青年陶艺家们的情况，希望他们能够积极结交良师益友，接受好的影响，为后继乏人的陶艺界带来新发展。光会转辘轳，是创作不出陶瓷器名品的。

再重复说一下，想要从事画家、雕刻家、陶艺家等工作的人，首先必须要有艺术上的良师益友，这一点非常重要。但是，要在活着的人当中选一两个，会遇到各种阻碍，而且，益友也不是那么多的。就算能够找到，通过一两个人的经验之谈所能得到的益处也是非常小的。在古代没有印刷物、不能复制书画的时代，可能需要师傅，但是在今天已经无此必要了。从这个理由来说，从古人中选择良师益友也是最有利的。

有人说自己没有钱把出色的艺术品放在身边，这与其说是没有钱，倒不如说是不够积极，所以收集不到这样的艺术品，所以自古以来就有一种说法，认为好东西都会集中到它自己喜欢的地方。不是有一句俗话说物以类聚吗？我以自己来举例可能有点失礼，但是我从二十岁左右开始，就在庙会等地方一点点购买收集小物件了。此后不久我来到了东京，这些东西在租住的二层总是乱七八糟地散落一地。这些都不是为了使用，而是为了欣赏而收集的，所以也不能把它们压在行李底下，为此租住处打扫卫生的阿姨每次都感到打扫起来很困难。后来我出了一本《古青花百品集》，这也是我自己收集起来的，当时还很少有人关注到陶瓷器，所以这些东西到处都是。说到我当时的经济状况，那是在星冈时代，是非常穷的，正月元旦也只有十日元十五日元的零花钱。而我之所以能够收集到这么多陶瓷器，也不过是"喜爱"二字。

有志于今后成为创作者的后来者们，应当努力使自己的身边充满出色的古代作品。残片也好，残器也好，都不要在意。特别是要了解自然之美的话，山也好，河也好，都是不需要花钱的。只要能欣赏山水，热爱花草就好。在这一意义上，我座边拥有若干师友。但是，那些富豪家中的装饰物是一件也没有的。

昭和二十七年

青年啊,多多选择老师吧!

在艺术方面，从现在活着的人当中选一位老师是非常困难的。因为虽然有前辈，但是这些人总会有某种偏向，且拘囿于其中的一条道路。如果师事于这样的一位两位，乞求他们的教导的话，日后必然会感到后悔。

例如，学画的年轻人们，不管是选择梅原①、安井②，又或是师事于古径、靫彦，不管选择哪种，都会失去真正的自由，都会限制自己的视野。会陷入到一种困境，不得不抛弃所谓的自由和自然的东西。如果有人至此仍不感到后悔的话，那么他原本就是微不足道的家伙。我在这里想要特意警告艺术青年们。如果你们要师事于某人的话，那么至少请关注二三百年前的古代艺术。请关注于五百年、

---

①梅原龙三郎（1888—1986），油画家，出生于京都。绘画风格华丽奔放。
②安井曾太郎（1888—1955），油画家，出生于京都。其绘画风格写实，色彩明快。

千年、两千年乃至更久远的年代的众多作品。请关注那个年代的人们是如何看待天地之间自然的美妙，是如何顺应自然法则、以纯朴之心创造出美丽作品的。把视线投向当下那些苟延残喘的老师们，准备这个准备那个，花多少多少钱这样的做法，只能说还没有明白自己的活法。

以制陶为例，应当关注无釉时代的技巧与精神。还可以更进一步关注五百年、一千年、两千年，甚至更久远的时代。无论是绘画的世界，还是雕刻、工艺的世界，都留下了众多值得关注的创作家。今天的人们看遥远的过去的人们，会觉得他们都非常地纯真，就如同幼儿一般。日出而作，日落而息，过着非常自然的生活。他们手下能够诞生出充满自然之美的作品，也是理所当然的结果。

我想说的是，请以这些古人留下的作品为师。为什么还要犹豫，还要向当下的那些老师学习艺术呢。需要一边受束缚一边师事于一个老师，那已经是过去的事了。古代艺术流传至今。照片技术可以令我们看到全世界的艺术。在当今社会活字可以教会我们一切。已经再无必要师事于一人了。

昭和二十八年

魯山人作陶百影　序

我立志自己制陶并开始在自家筑窑，是在昭和二年四月。窑建成之后完成第一次制作、尝试初次烧窑，是在当年的十月七日，所以我烧窑制陶的时间还不是很长。在自己家筑窑之前，我主要在京都宫永东山先生的窑场、加贺山代的须田菁华先生的窑场，有时也会在大圣寺的秋塘窑、尾张赤津的作助先生的窑场等处，让他们制作出我想要的生坯，然后我自己在上面加上画，来尝试制作一些食器。

　　但是在别人制作的陶坯上画纹饰，由于每个人的个体差异以及鉴赏力的差异等原因，总是不对劲。我由此明白，不自己亲自从头做到尾，是不能真正算自己的东西的，于是我决意在镰仓的山崎建造一个小小的窑场。在开设窑场并在助手的帮助下进行研究的过程中，我越发觉得有意思，往往不由自主地拍手叫好。但是另一方面也不得不感叹工作越来越难了。

我把陶瓷器制作上的目标，放在了中日古陶瓷的优秀作品上。明代的青花、彩瓷自不必说，不管是朝鲜的陶瓷还是日本的陶瓷，我所感兴趣的都集中在德川中期之前到镰仓时代的作品上。但是我并不一味仿古和一味追求表象。即我所追求的是内容，是其本质和精神。

但是，从我此后的经验来看，确实以今天的窑口的结构以及所使用的材料，终究是无法再现以前的作品所具有的独特韵味的。所以，从某个角度来说，我已是无计可施了。但另一方面，也有非常有趣的事情。今天我已经认识到制陶是我的宿命，是我一生都无法停止去做的事。

在这过程中，我起意前往朝鲜视察古窑，走遍了京城以东、釜山以西的地区。在鸡龙山等数十处还收集了原料土和釉料。也曾多次前往信乐挖取陶土。最近又在美浓久久利村的山中发现了志野陶的残片，顺着这一线索探查窑址，最终发现了四五处志野古窑，更进一步发现了初期古织部陶的釉色痕迹，发现了所谓古濑户陶一直以来不为人知的种种情况。又前往九州唐津附近挖取了古唐津、岸岳的原料土。这些都极大地激发了我的学习欲和兴趣。除此之外，我尚以一己之微力，在搜集作为参考物的古陶瓷上有几分进展。

就这样，最近数年，我只要在窑场，就在练泥、拉坯、画坯、烧窑，以自己的一腔热情，不断努力制作。

于是，虽然是极为僭越的事，但是我还是从自己的作品中选了一百件，拍成照片放在了这里。我在每一件作品后面记录了制作的意图、材料与技法的关系、烧成之后的感想等。对于古人所说的秘法、秘传，我也想在自己的经验范围之内尽量将其揭示出来，并由此进一步加深对制陶知识的理解，提高陶瓷鉴赏的能力。

昭和七年

鲁山人家藏百选 序

自我在镰仓的山崎筑窑，致力于制陶开始，可以说是一种自然而然的需求吧，搜集作为参考物的古陶瓷这件事不得已成为了一件大事。

我将领会古陶瓷的特点作为自己的制陶目标，这使得上述需求变得更为旺盛。到今天为止，我所搜集陶瓷作品已经达到了数千件。

在搜集这些参考物时，我的标准是，以距今三百多年前的作品为佳，只要是有一点参考价值的，不管器物是否完整，不论是否有损伤，不管是中国、朝鲜还是日本，都要大致搜寻一遍。

就这样，一边看一边制作，一边制作一边看，不知不觉间就有了某种手感，不，应该说是真的从中学到了很多。

我无法抑制这种喜悦和亢奋，通过出版这个集子，也算是主动承担起身处此道者的责任吧。同时，我将那些从这些作品，乃至通过这些作品，从作者那里学到的精神和造型原封不动地放在这个集子中，此外，虽然有些画蛇添足，也尝试对这些作品进行了些许说明。

一般认为，在陶瓷的鉴赏分析、理解剖析上，对于古来有名的器物，即那些大家都熟知的名品，理解就会越深入。但是由于这些器物各有收藏者，且已经被称作名品或绝品，获得了足够的赞誉，因此，我们很难到四处去欣赏它们，也不能随意评价它们，想要细致地按原色对这些名品进行拍照时，事实上想要多借几次都不太可能。因此，无奈之下，虽是僭越之举，我也只能以自家的藏品来作为集子中刊登的对象了。

在该集子所载器物的选定或是解说上，我所采取的态度一如前面所言。如能在鉴赏上起到几分参考作用，则幸甚之至。

昭和七年

爱陶语录

制陶的热情

对于制陶,我原本是一个十足的门外汉,毫无相应的素养,所以一开始是毫无自信的。到了现在,我才能说我把作为门外汉才有的见识融入到了我的工作中。

这也是应当如此了。我四十多岁时才开始制陶,到现在已经过了三十多年。在赛跑时出发太晚这件事实在是令我感到讨厌。

老实说,光长年纪不长脑子这件事首先会令人感到羞愧。虽说如此,因为我也没有别的值得一提的能力,所以也只好忍受这份羞耻了,但是我心中并非对此毫不在意。但是,该怎么说呢,我生来对于美食的爱好自然而然地催生出了无限欲望,要求有美丽的、可供欣赏的食器。即希望料理的衣服能够令料理的风情变得更美。这一点与想让美人穿上华衣的心理毫无二致。别人怎么样我不知道，但是对于我自己来说，让华服为料理增添风情，是无可替代的乐事。

*

想要买到好物件的古董购买规则有五条：

一、首先要像有钱人家的少爷一样看到好东西就出手

二、不要一味还价

三、一旦买了就不要想着退货

四、不管心里想不想要，都不要挑器物的毛病

五、就算能赚很多，也不要大量出售

*

没有毫无道理的想法，就不会有毫无道理的结果。

*

艺术家的真实生活应当是与艺术不即不离的。不，应该说艺术本身就应该是艺术家的真实生活。他的真实生活本身就应该是艺术。作品只不过是将这一点表现出来而已。

*

有人曾轻率地表示，自己这样的业余爱好者也要尝试做茶碗出来。可能这个人平生无论欣赏怎样的茶碗都无法

看到茶碗创作者的精神。不仅仅是茶碗,所有作品都如实反映了创作者的全部人格。所以如果此人不具有艺术家的灵魂,惮于将自己的丑处晒在人前的话,是无法将自己的情趣、自己的精神融入茶碗创作中的。

*

唔,不管怎么说,亲近自然是第一要务。不管任何艺术皆是如此,此人爱自然有多深,对自然的了解有多少,这些都会成为他创作的素材,所以写生是最为重要的。通过写生,培养自己对自然的细心观察,然后把对自然的印象铭刻在心上。在这过程中,会逐渐领悟省略的法则,拥有任意指挥画笔的力量。比如,明明这里还有一个枝丫的,但是觉得没有会更美,所以就不把它画上去,又或是用寥寥数笔来表现群像等等,即可以离开实物,来描绘自己内心所感。简而言之,这看起来似乎是很简单的事情,但是只靠一星半点的努力是远远做不到的。就好比是要把写实剧转换到歌舞伎。如果在舞台上啪嗒啪嗒地跑起来,既没有美感,也不能给观众正在跑的感觉。但是,如果是慢吞吞地走着台步的话,观众反而会领会到这是在表现忘我地奔跑的场景。在能剧、狂言上,这样的表达更能增添舞台之美,在绘画上也如是,没有达到这一境界,则一切都是虚假的。而且，在此之上，还必须得有雅味……平时要努力多亲近名画名器，感受其中的美，这一点非常重要。

出身的好坏

我经常说的一句话是，作为陶工，想要制作出名品，闻名于世的话，必须是作为画家也能独当一面的人，必须是精通画道之人，但是自古以来，很多人都是对艺术感兴趣，但又没有足够能力成为画家，所以就想着去制作陶瓷也好，胡乱地就开始跟泥土打起了交道。这样一来，就会制作出一些根本不值一提的东西。和画家相比，陶工们似乎在家世上都比较差。很多人祖上就是匠人。这样的话，他们是不可能制作出好陶瓷器的。如果不是能成为一流画家的人物，怀着兴趣进入到陶瓷器的世界，以一种作为消遣的心态来制作陶瓷器的话，我们就不能够期待有好的作品出现。

就如木米那般。以那些出身不好的现代工匠们的创作风格，无论到什么时候也无法创作出艺术名品吧。当下的陶工们如果不能大量摄取有益的精神食粮，远离匠人的行列，那么就只能在虚假的生活中重复徒劳。在官方展览上，获得所谓工艺美术这样二流艺术的称号，一边受着轻视，一边又对此表示感谢的人，是彻彻底底的庸人。

*

以卓越的绘画能力来制作陶瓷器。如果做不到这一点，那么你将在世人的轻蔑和生活的困顿中走完作为庸匠的一生。

向上之心

我长期以来的愿望是"追求好的事物"，这也适用于所有兴趣、爱好中。这一愿望就是向上之心，即不断追求完美的努力。这一点，就是要对某方面进行学习。

*

去敲门，门就会开。

自戒

不勉强去做，是从事艺术工作的要领，也是保持健康的宗旨，我们都必须遵守。更不用说，我们不能为了飞黄腾达而提出不自然的要求。

*

把自己的构想告诉其他创作者是无意义的事情。

随机应变

艺术是没有计划，也不造作的，它是随时诞生的。

换言之，它是不断的随机应变。

有句老话，叫做"见异思迁是当天的一时冲动"。艺术也是所谓的当天的一时冲动。是在做的过程中诞生出来的。

以追求艺术为乐

真正的艺术家，总是无止境地以追求艺术为乐。将人工之美全部掌握之后，就将目光投向自然之美，并深入其中。知礼节人工之美就会成为某某流的人物，并无太大意思。比起前者，后者更为重要。

所谓美的生活

真正美的生活,是兼具外在之美与内在之美的生活,即艺术生活。

*

我希望致力于使世人皆爱美的事物,明白好的东西是好的,明白走自己该走的道路是理所应当的,使他们不会陷入到邪欲之道。

*

当我们想要看到事物的真实一面时,如果伴随着私情私欲,真实是不会显现的。关于这一点,美的根源在于以自然界为师,为摹本,所以在被自然界之美吸引之前,首先不是应该先蕴养自身吗?

*

我想让这个世界变得更美,哪怕只是一点点。我的工作就是这种愿望的小小表达。

*

如果不能追求美,热爱美,拥有美,不停地与美亲吻,艺术家的生命是不存在的。

事物不一定是明白了就能做到。不,是就算明白了,也做不到。明白与做到,是两码事。

*

观察名器进行学习必须是我们学习的第一步。当然这也是我制陶的态度。

*

制作陶瓷器,都不过是复制罢了。没有一件作品不是复制。但是,问题的关键在于,你的目标在哪里,你模仿之处在哪里。

*

在艺术鉴赏上,鉴赏者从小生长的环境、他的血统是非常重要的。

*

不再走动的时钟,只有作为金属的价值。我们必须通过不断的努力,让自己今天比昨天更进一步,明天比今天更进一步。学习是一生的事。

*

不要吝啬亲近美的心、亲近自然的时间。

*

与其花心思让别人听自己的声音,不如倾听别人的美丽声音。

*

人们不是常说吗,好鸟不唱俗韵……

*

请保持对自然风光和四季更替的敏锐感觉。

*

今天已经不再有能够充分描写自然的创作者了。画家的情况也如是。

*

如果爱好的是陶瓷器的话,不妨培养自己的审美眼光吧。如果有一个讲究穿着的人想要挑自己喜欢的结城绸做的衣裳,却让织结城绸的老婆婆来挑的话,你不会对他产生轻视之情吗?

*

有人问,想要了解关于陶瓷器的事情该读什么书。想要看美人,该读什么书呢?如果仙崖和尚还活着的话,大概会这么反问吧。

*

若无其事是一种轻松随意,是轻轻松松地绘画,也可以说是超常。

*

乾山的画可能没有现代人所喜爱的现代感,但是不管怎样,他的画是有生命的。

*

人品不好,而作品很出色这种事情,在道理上是说不通的,所以请仔细思考,一定要从学做人开始。

*

创作者缺乏信念的话,随之而来的是缺乏审美眼光的问题。他们在面对现代艺术时,会滔滔不绝地说很多,轻松地下结论,但是如果给他们看时代稍微早一点的古名画、古艺术时,可以说几乎没有人拥有鉴赏的眼力,不能够一眼就看透作品的艺术价值究竟几何,不能判断出作品的真伪。都是些连竹田、山阳的作品都鉴定不出来的人。没有一个鉴赏画家能够立刻负责任地判断出贯名[①]、山阳之类的作品的真伪并提供可靠的保证。

---

① 贯名海屋(1778—1863),江户后期的书画巨匠,别号海客、菘翁。被誉为日本近世书法第一人。

像这样连德川末期最浅显的艺术都不能好好鉴定的话,对于时代更久远的作品,就更不可能有自信了。对于现代的鉴赏家来说,这实在是让人感到遗憾至极的事。

*

无论是国内还是国外,外行人一般都认为画家会理解画,书法家对于书法的了解肯定是很深入的,但这是一个荒唐的误解,倒不如说,画家是不懂画的。我还想明确地修正一点,书法家是不理解书法的。如果认为因为是陶器师,所以就理解仁清,理解乾山,理解木米的话,那是一个巨大的错误。事实上,所谓专家往往是看起来似乎很了解,实际上什么也不懂。

*

因为诸如此类的原因没有自信,没有自信的话就无法成为一个出色的独立的人。不能成为一个出色的独立的人,就不会有自己的思想。没有自己的思想就不可能有胆识。因为没有胆识,所以就爱卖弄小聪明。想要凭技巧做一些取巧的东西。像这样浅薄的作品,变着花样地不断涌现。因其浅薄,有识之士不会对此表示赞赏。因为有识之士不表示赞赏,所以普通人也追随他们的看法,同样对这些作品不屑一顾。因此,作品的价格也好人气也好,不能够长久持续。最后被视为无用之物而消失不见。

如果这一切都是真的，那么在拿起画笔之前，首先必须要从锻炼自己的人格开始，不然就不可能创作出我们所说的真正的绘画。

*

虽然都是一副艺术家的派头，但是真正能称之为艺术家的，又有几人呢？特别是在陶瓷界，虽然大家都在做一些看似艺术的作品，但是却很少有真正的艺术作品。所谓艺术，正如我经常说的，是人的反映。如果作品中没有包含外形之外的东西、肉眼看不到的东西，那么这个作品就是不成功的。它不是一般人能制作出来的东西。像当下这样，一些根本称不上是创作者的人装得像模像样的时候，就更是如此了。创作者也好，鉴赏家也好，应该将自己的慧眼擦得更亮一些。好的东西，凭着直觉就能立刻感受到。蕴养人格是最为重要的。

*

以前的创作者能够从自己的工作中获取真正的乐趣。例如，陶瓷创作者是真正喜爱陶瓷器的。所以，就算为制作陶瓷器受苦，他们也甘之若饴。和他们相比，当下的创作者又如何呢？他们不是蝇营狗苟于出名、飞黄腾达、维持生计吗?有人为了走自己喜爱的道路即使成为乞丐、受人施舍也不改其志吗?他们只是考虑自己的体面,而不去做那些原本可以做的事情。再没有像良宽那样的人了吗?不管一休怎样训诫,不管基督教怎样跟他说人生的道理,他不也只是为了穿上"绯衣"①而拼命努力吗。

*

明白的人,只用说一句就能明白;不明白的人,怎么说都不明白。

*

杰作和平庸的作品之间只有一纸之隔。但这一张纸是很难撕破的。要撕破这张纸,进入杰作的领域,必须要有精神上持续的张力。没有感动的人,不会产生精神上的张力,因此可以说是感动创造了杰作。只有自己感动了,才能够感动别人。

*

不断观察自古以来优秀的艺术形式,就会发现首先要有心,然后才能从中诞生形。是有了心,才有形。

但是,当今之人,只学形,却忘了心。他们的工作之所以走向死路,原因正在于此(这一点在茶道、花道上可

---

①天皇特许高位僧人可穿着绯衣。

以看到最好的例子)。

*

一个人无论学什么都差不多,但是如果能够学习自己喜欢的东西,那就再也没有比这更幸福的了。

*

人,无论是谁,必然都有不同的爱好。这就是个性。至少在这一点上我们可以允许自己的任性。我们可以根据自己的喜好,尽可能地从中获取乐趣。

这种爱好程度的提高,最终会提高我们的情操,提升我们的人格。

人的学习是无止境的,从这一点上来说,我们可以在允许的范围内随心去做,尽可能按照自己的心意去做。最终我们将会因此一步步提高。

*

一切艺术都是心的工作。

*

我想提醒的是,懂的人都没钱,有钱的人眼光大多不太好,这一点是确定无疑的。

*

说到真,公平是真,不公平也是真,事物总有两面。

*

这世上，有些人拿着不能用的钱。我想要找拿着能用的钱的人。死钱也可，活钱也可。

*

感叹世事难料之人实不在少数。

*

俗话说"眼盲者千人，眼亮者千人"，但事实真的如此吗？眼盲者千人，眼亮者只有一人也没有什么奇怪的吧。

良宽的书法被人珍视。这没错。良宽的书法确实很好。但是，醉心到只要是良宽的书法就认为都是好的程度，又觉得有点问题。更不用说，能够实现百发百中、直截了当地鉴定良宽书法真伪的人，又有几个呢？

*

我的陶艺很多都以日本各种各样的经典古陶为师。

除此之外，还以东西方的古典作品为典范。但是，我尊一切自然之美为唯一的老师，不断地探求美。

我的陶艺均诞生自此。

*

真正美的事物，必然具有很多新的要素。真正美的事物，永远都是新的。日本民族的遗产《万叶集》中的和歌，不是直到今天依然被视为新的东西，为我们带来感觉上的愉悦吗？

此外，古陶瓷中的佳品不是釉色新亮，就像刚刚才出窑，火焰的温度都还没有冷却下来一样吗？真正美的事物总是能够超越时空，保持新的状态。

*

有的人经常说一块土、一根草也有它自己的美，但是这话是不是来自于他的生活呢，我们只要看看他的作品，就一目了然了。总之，如果是想要认真地在艺术上有所进益的话，必须以毫无虚饰的心情去努力。像我这样总是毫不客气地坦率说出评论意见的人，时常受到人们的误解，但是我朝着自己确信的方向，不断鞭策着自己。而且，不是抱着大家朝着最高目标一起前进的愿望，谁愿意去做那个傻乎乎的招人讨厌的人呢？总之，我不欲拘泥于小节。这可不是"桃李不言下自成蹊"之类的话就能解决的事情。

*

要有益友。手边的书、工具、日常用品也是益友之一。在身边放上好东西将有助于提高我们的精神。

*

现代人缘木求鱼似的梦想是一种愚蠢的想法，他们应当在古代二流、三流的（看似）艺术中衡量自己的心得体会是否正确。作为追求梦想的必要条件，首先必须要远离名利。对此，大家不可视之为过时的话而加以嘲笑。还应当埋头于艺术。应当日夜忘我地为艺术感到兴奋。然后以自然为对手，全力对决。当厌烦了以自然为对手时，则应当以那些值得佩服的古代名品为师友，低头向它们求教。

*

越是优秀，就会像富士山的高峰一样，越是没有可以对话的人。所以，就会想要以自然为对话者。

*

生活方式有很多，但不管怎样，都必须要顽强地活着。

*

自然是艺术的极致，是最高的美。

*

大多数人对于器物都是一种被动的态度，但是在学习一段时间之后，就必须要表达出自己的喜好了。

很多人一直都脱离不了模仿学习的阶段。这样是不行的，时机到了，就必须要毫不犹豫地表达出自己的喜好，做相应的努力，不能一直被动。

*

总之，在工作中不断创作出好作品，这就是艺术，而艺术是至高无上的。即，正直、纯真、纯洁，是所有事物的最高品质。

*

回首来看，人的一生中，会有发挥出想象不到的能量的时候，也会有精神体力都充足却什么都做不出来的时候。

*

在盛放陶瓷器的外盒上写说明时，别人看起来都是"唰唰唰"地轻易就写好了，但是对我来说，每一个字都写得很辛苦。一边写，一边想着这个字写得不好，那个字也不行，但是又没有办法，只好就那样了。盖章时也是如此。

关于鲁山人展目录的话

对自己的作品的一些话

有些人看到我的作品之后,称我为天才。但是,我们不能不认为这些基本上都是对艺术缺乏理解,也缺乏鉴赏能力的人,虽然这么说对他们是非常失礼的。这些人有把人称为天才的癖好,只要略感佩服,或是觉得自己做不到,就马上称对方为天才。在我自己看来,我的作品,除了烹饪之外,都是一些喜欢但是做得不好的东西,没有什么可以让人推崇的。不如说,对于擅长评论这一点我倒还有点自信。说到评论,艺术界作为我的擅长领域,不管古今东西,我都喜欢批评一番。同时,视大部分现代作品为垃圾,拒之千里之外,对其频频蹙眉。而且,我是一个向往公正批评的人,所以对于自己的评论有着深刻的自信。但是到了自己的作品,往往与自己想要的相距甚远,为此常常叹息伤悲。这也是我为什么在评论上如同猛兽一般旁若无人，而在自己的作品上却如同少女一般低调谦逊。虽然如此，但是我也无法让自己放弃制作，看到好的东西，我就会受到刺激，想要去学习模仿，看到不好的东西，又会陷入到一种自傲的情绪，认为对这样的作品丝毫不必客气，有时这甚至会激起我旺盛的创作欲望。即在书法、绘画、篆刻、匾额上，再如近来的陶瓷器、漆器以及烹饪上，只要感兴趣，就会不顾顺序，不顾统一性，极其散漫地进行相关制作。这些作为我的作品呈现出现时，就如书上所展示的那样。我认为艺术鉴赏不回溯到约千年之前，就无法获得最大的感动。对于中国，到了宋、元、明时期，我无法像那些中国的崇拜者那样对其表示佩服和赞同。更不用说清朝了。但是，对于日本，我认为在德川时期还有不少值得鉴赏的东西。其中，光悦、宗达、大雅、芜村、丈山①、玉堂②、芙蓉③、

---

①石川丈山（1583—1672），江户前期汉诗人、书法家。与林罗山、元政上人等当时的文化名人相交甚笃。

②浦上玉堂（1745—1820），江户中后期文人画家。擅奏七弦琴，自学绘画，擅长山水画。其绘画极具诗情画意。

③高芙蓉（1722—1784），江户中期书画家、篆刻家。姓源氏，因出生于甲斐高梨而自称姓高。书法擅长篆隶，绘画擅长画山水，但尤为擅长的是篆刻。他研究秦汉古篆，对日本篆刻印章学的发展做出了极大贡献，史称"印圣"。

茂卿①、雪山②、光琳、乾山、木米、仁清、版画、大和绘③，特别是像良宽这样的茶道宗师、高僧、大人物中，让人衷心佩服的人不在少数，在明治维新之后，雅邦④、芳崖⑤的特长值得认可，春草的天赋值得敬佩，村山槐多⑥、关根正二⑦二君在西洋画上的特殊天赋也是近世罕见的。而栖凤与生俱来的名匠做派，虽则并非全无佩服，然与其盛名相比，不得不说我对他的佩服并没有那么深。会

---

①荻生徂徕（1666—1728），江户中期儒学家，字茂卿。因出生于物部氏，又自称"物徂徕"。日本古文辞学派始祖。

②北岛雪山（1636—1697），江户前期书法家。其书法学赵孟頫、文徵明，形成了雄健的书法风格，是江户时代"唐样书道"（学习中国书法）的先驱。

③日本称以中国为主题的绘画、从中国传入的绘画或是模仿中国绘画风格的作品为"唐绘""汉画"，与此相对，称平安时代以来描绘日本的风景、风俗的绘画为"大和绘"。江户中期以后，土佐派以复兴古典大和绘为己任，因此该画派绘画也被称为"大和绘"。

④桥本雅邦（1835—1908），日本画家。初学狩野派，后来得到冈仓天心的指导，和狩野芳崖一起致力于开创新的日本画风格。培养了横山大观等一批近代著名画家。

⑤狩野芳崖（1828—1888），日本画家。与桥本雅邦师出同门。他在传统的狩野派绘画中加入了西方绘画的技法，开创了日本画的新领域。

⑥村山槐多（1896—1919），西洋画画家、汉诗人。初中时期就展现出了在文学与美术上的天分，因放浪的生活而染病早逝。

⑦关根正二（1899—1919），西洋画画家。其绘画充满幻想和诗性。20岁因肺结核病逝。和村山槐多一样被视为是代表了大正时期的早夭天才画家。

不会有人问观山①呢，大观呢？对此，我唯有苦笑。我认为在清方②、玉堂的艺术中，比起那些被认为值得了解的部分，他们在作品中如实反映自己的态度才是真正的艺术。御舟③的书法也是佳作。在近代创作者当中，值得我们大书特书的，是富冈铁斋翁，他的一些作品简直让人佩服不已。我认为近代能够出现这样的大艺术家实属罕见，足以向全世界夸耀。像戈雅、罗丹、雷诺阿，如果与铁斋翁相比，几乎是望尘莫及。至于吴昌硕则更不在话下。在书法上，具有像铁斋翁这样的艺术能量的，也是古来罕见。说到书法，使其不得不从艺术世界中消失的，正是所谓书法家的书法，这一点实在令人遗憾。在书法上，我最感佩服的是历代天皇的御笔。自古以来，还从未有一人的书法，如历代天皇的宸翰那样气势非凡，艺术意义高深。大师如是，道风亦如是。再往后看，世上很多人都赞美山

---

①下村观山(1873—1930)，日本画家。师从桥本雅邦、狩野芳崖，恢复了汉画、大和绘、琳派的诸多绘画技法，其作品风格清新，技法高超。

②镝木清方(1878—1972)，日本画家。绘画风格清新，擅长画人物画，尤其是美人画。

③速水御舟(1894—1935)，日本画家，其绘画笔触细腻，在日本画的装饰性中加入了写实性。

阳的书法，但是三树①的书法、博文公②的书法尤在其之上。如果硬要从书法家中举出一人的话，也只有贯名海屋一人。其他除了长三洲③之外，都不过是写字的匠人而已。自古以来，兴趣爱好的极致在于佛像佛画以及陶瓷器，对此，我想做些解释。真正对于佛像佛画有艺术鉴赏能力的人，鉴别陶瓷器亦非难事。相反，在陶瓷器鉴赏上有所得之人，未必就能理解佛像佛画。总之，以鉴赏佛像佛画为艺术爱好的终极，而不以陶瓷鉴赏的权威为终点，这种认识在有识之士面前过于草率了。要我对如此这般经常以评论在艺术鉴赏中获取乐趣的自己进行批判，我相信我作为鉴赏家、作为评论家的地位是不低的。虽然如此，当我回顾自己的作品时，看到的却是低劣稚愚、模仿多创造少、技巧多余、内容贫弱，充分暴露出了自己素养不足的一面。环顾四周，我的书斋中有历经千年的佛头，还有同样历经千年的干漆佛。有原为松方公旧藏的镰仓时代的多门

---

①赖三树三郎（1825—1859），幕末志士，儒学家，赖山阳第三子。因安政大狱被捕，死于狱中。其书法被认为品位高超，充满雅趣。
②伊藤博文（1841—1909），明治时期代表性的政治家。在明治宪法的制定、近代天皇制的确立上起到了很大作用。1909年在哈尔滨被安重根暗杀。
③长三洲（1833—1895），幕末明治时期书法家、汉诗人。其书法学习颜真卿风格。

天像。有同一时代的圣观音画大作。还有几个镰仓以前的佛头，展现了艺术的珍贵。在书画上，有逸势①、大雅、芜村、良宽、隐元②、仙崖、木米、中国日本和西方的古陶瓷、镰仓时代的匾额等。至于印刷品、照片，古今东西的佳品已然成册成帖，遍布四下，仿佛在嘲笑我所做的事情如同儿戏。这就是我日夜受苦的原因，也是我深受刺激的来源。像这样，当认识到自己既不具备天赋也不具备素养时，真是自恨不已，感到万念俱灰。这就是我深刻反省己身，认为自己不适合创作，而适合进行鉴赏，进行评论的原因。所以对于那些一味称赞我为天才的人，我只能说他们还未开慧眼，无法与之共谈。不管怎样，作为一介喜爱却做不好之人，难免给他人带来麻烦，只能勤于提高素养，慎于制造劣作，勇于追求真理。

大正十四年十二月一日

（第一次鲁山人习作展）

---

①橘逸势（？—842），平安初期官员、书法家。曾跟随最澄、空海入唐。擅长隶书，被认为是日本书法的"三笔"之一。

②隐元（1592—1673），江户初期从中国前往日本的明代禅僧。日本黄檗宗的开山鼻祖。将明代中国的书法传入了日本。

关于第二次展出的自制陶瓷

三越的服装部一直致力于研发布料的染色及花纹。这是制作美丽的服饰所必需的。而美丽的服饰又被称为使美人更美的另一层皮肤。现在的陶瓷创作者们致力于追求陶瓷器的表面，即釉料的颜色、外形纹饰，这一点恰如三越的服装部。三越的服装包裹的是活生生的美人，所以只要专心制作出服装就算是圆满完成工作了，而陶瓷制作则与此不同。如果自称为艺术家的陶瓷创作者们，以三越服装部只研究服饰外在那样的态度来创作的话，那么永远都不可能诞生具有艺术性的陶瓷器。要创作出具有艺术性的陶瓷器，必须具备一个最重要的条件，即在研究被比作服装的釉料、纹饰之外，还必须致力于练泥制坯的工作，这项工作是陶瓷器的灵魂，相当于服装下面那个活生生的美人。美人，即使是赤裸着也是美人，当制坯的工作具有如美人一般的价值时，即使是没有施加如同服装的釉料、纹饰的素陶，也不应因此就对其艺术价值产生高下之分。光悦的作品、仁清的作品、木米的作品，以及产自朝鲜的作品、产自唐津的作品都如实反映了这一点。而近来的陶瓷器创作者，对应当亲手去做的练泥制坯工作等闲视之，而欲以表面的设计来引起爱陶之人的关注。所以在进行陶瓷鉴赏时，往往只看到表面的纹饰、釉色、外形等，并以此为得。对于此种弊端，我深感遗憾。

出于如上理由，作为一个陶瓷器创作者，我全力投入到了练泥制坯的工作当中。

这次是我第二次公开展出作品。我以一种将作品视作自己最高追求的态度创作了这些作品。特此说明，以求诸贤高教。

昭和四年春三月

（鲁山人作品展）

关于拍卖所收藏陶瓷器的说明

破破烂烂的旧书，用心黏合之后，勉强可读。曾经当我感受到作为一名陶瓷创作家的责任，立志要堂堂正正地踏上应该走的正确道路时，原本就生活窘迫的我，除了以修复古书那样的毅力致力于古陶瓷器收集，并进行研究赏玩之外，没有找到其他更好的方法。此后，我的陶瓷参考馆虽多有瑕疵藏品，却仍获盛名，说来也是有缘由的。但是当时我还只是一个极为幼稚的陶艺家,对我而言,收藏品有无瑕疵另当别论,数量的多寡才是左右我眼力的力量,我每日都像浏览报纸一样贪婪地欣赏着陶瓷器。所以,对于我来说,一件陶瓷器就是一部教科书,万件陶瓷器就如同万卷书,丰富了我的思考,增长了我的知识。如是花费十年岁月,我终于将万卷书通读了一遍,自信已经可以从第一阶段毕业了。因此,虽然有些唐突,我打算将我所有的藏品全部拍卖,使自己从读完的状态再次转换到未读,准备进入新的阶段。

  回首看来,曾经读过的书未必不能成为娱乐的伴侣。虽然作为书架上的装饰未必不能显示其光彩,但是对于我这样的人来说,新旧交替从资金上来说是最方便,同时也是无可奈何的事情。出于这些原因此次我毅然决定进行拍卖,如有幸能得到诸位先生的同情和支持,则相信我不日即可把陶瓷参考馆的内容全面更新,明确展示我划时代的计划,使我的制陶生活焕然一新,以供诸位再次参观。当下我一边日夜追逐着这个愉快的美梦,一边专心消夏并制陶。

昭和九年

(北大路家收藏古陶瓷展览会)

对近作钵之会的一些话

没有食器,料理就好像是不存在的。

对于料理来说,食器存在的意义,就相当于衣服对于人的意义吧。没有衣服,人就无法生活,没有食器,料理就无法独立存在。从这个意义上来说,食器可以说是料理的衣服。

因此,关注料理的人,就必然会关注食器,因为对于料理而言,食器就相当于它们的衣服。自古以来人们以极大的热情来研究服饰设计,在布料织染等方面也取得了令人吃惊的进步。作为料理的衣服,在中国,食器早在明代,即四五百年前就已经出现了。在朝鲜,虽然没有可以特意举出来称之为食器的陶瓷器,但是有御本手①、各种硬质陶、软质陶的小钵、高丽云鹤纹钵,以及传到日本后被用作抹茶碗的其他陶瓷器。日本早在四五百年前就已经制作了许多作为食器来使用的陶瓷器,如古濑户、古萩、古唐津、朝鲜唐津等,其中残存下来的在今天备受重视,被估价千万,作为一种值得夸耀的料理的衣服而存在着。像仁清、乾山、木米等个人创作者更是大家崇敬的对象,

---

① 从桃山时代到江户时期,由日本提供样品,在朝鲜半岛烧制的抹茶茶碗。

在爱好者和有识之士中间备受尊重。

但是，环顾当今的情况，虽然我觉得难以开口，但是真的是让人觉得很可怜。在个人创作者中，没有出现引人关注的天才式人物，也没有出现可以令我们低头佩服的一心制陶的人。我这么说，不仅是那些专门的制陶家，连同那些支持这些制陶家的人也会对我举起厌恶的鞭子吧。但我不惜代价，不以此厌恶为意，多年来穿过鞭影，以一己之微力，窥探古陶制作者的心境，推测赏玩古陶的古人在当下形势下可能的动向，寻找自己在制陶信念与制陶认识上与古人相一致之处，并以此为核心，十年如一日专注于制陶。由此我明白了，陶瓷器之美也好，书画之美也好，雕刻、建筑、园艺等也好，在艺术之美上，是没有任何分别的。因此，在陶器制作家中诞生了仁清这样纯日式的创意设计，若非他在制坯、绘画、书法、釉料研究等方面那高人一筹的素质，也无法成名。乾山的绘画比光琳还出色。而且其善书，创造出了与仁清不同风格的日式设计，留下了很多让人一看就心情愉悦的作品。只将其绘画单独拿出来看的话，也是极具力量的。

木米自不用说，他的绘画已经被炒到了十万元以上。

以上三人，绘画能力皆极出色。因此，理所当然的，当他们制作陶瓷器时，便能制作出出色的陶瓷器。那些既画不了画，又写不好字，也赏玩不了古书画的人来制作陶瓷器的话，除了乱做一气，也做不出什么东西。

现代陶瓷器之所以处于目前这般可悲的状态，正是由于这个原因。

我并不想靠陶瓷器制作来出名，所以也并没有凌驾于现代创作者之上，排挤他们，自己一人独占荣誉这样龌龊的想法。

我到现在为止，绘画能力也好，书法能力也好，只有大家看到的水平，没有什么了不起的。幸好我爱画，爱书法，爱篆刻，而且对古书画、古董等，不论东西，不问古今都一样喜爱，拥有承认佳作之妙的贫弱的知识。我就是这样的好事者、爱好者之一。

从这一立场出发，毫不客气地说，现代陶工的作品中有让人不满意之处，我首先从身边做起，来进行研究。更何况我还有美食的爱好，即美食研究这一工作，所以就更有责任来研究食物的衣服，所以就更努力制陶了。

世间的诸位制陶家们，请不要把我当成是你们出售自己作品时的对手，也不要将我看成是一个麻烦的存在，希望大家能够彼此敞开心胸，作为从事同一工作的同好之人来交往。

此次在大阪举行近作陶钵的展览会,希望大家能够细细过目,并让我聆听你们的意见。不管是绘画、陶瓷器,或是其他任何艺术,只有作品死了,才会没有问题。

如果各位有识之士认为我这次展出的作品中有缺乏艺术生命力的作品,或是临时抱佛脚之作,我可能会立刻决定放弃制陶。相反,如果认为我的作品虽然还不够成熟,但是气韵生动,具有生命力,那么我将欣然接受,并进一步努力研究,以求为后来的年轻人们留下点什么。

昭和十一年

最近的我

早睡,晚起,爱睡午觉。这不是和歌,也不是标语,而是我最近的生活写照。

将这段时间挤出来,用极少的时间来完成比别人多一倍的工作,这是我的拿手好戏。我不会说出自己的秘密,但是我确实比别人更加努力。我尤其喜爱自然风物。我过不了缺少自然美的生活。只有佳器玉堂,我无法感到满足。

在和自然之美共度的日常生活中，我从未有过后悔的念头。

自然之美是我的神，名器名品等艺术是我的师友，为此我要向它们表达敬意。

我总是想着我的作品明天、下个月、明年就能做好。能够延到什么时候，能够进步到何种程度，连我自己都颇感兴趣。

我对于任何事情都没有争抢的兴趣，也不喜欢被催促，但是也不会总是停留在一处。我会尽量学习。

昭和二十八年

周游欧美之前在作品展示会上的发言

有人劝我一定要去欧美看看，所以这个秋天我希望能够实现欧美之行。去了的话，也不知道会不会因为飞机出事之类的原因就回不来了。

我并没有因此而变得谨慎，但是还是想着要尽量多留下些作品，于是就制作了钵、花瓶以及其他各种作品入窑烧制。

为了达成我的目标，还请大家多多支持。

顺利的话，还能够领悟到法国料理的精髓，等到回国之后，将出本书来谈谈自己对于日本料理、法国料理、中国料理的感想。

我常常认为，这世上最难的就是理解艺术，理解食物。光看照片是无法了解食物的，所以直接品尝法国料理也是我此次出行的目的之一，也是我追逐的梦想。

昭和二十八年

鲁山人回国后第一次展览会上的发言

我在欧美走是走了一圈，但也没有什么特别值得说的事情。

一、我的大脑所停留的年代与现在的年轻人已经完全不同了

二、一种外语都不会说

三、不能随心所欲地花钱

四、可堪自慰的是了解了食物的美味

五、可以判断出古代艺术的好坏

除上述之外什么都不知道了。无论哪个国家的现代料

理都不好吃，无论哪个国家的艺术，千年之前的都有令人佩服之处。我此行的收获，仅仅是明确得知了这一点，仅此而已。在美国的学校里做了几次演讲，但那也没什么大不了的。

我的作品不可能刚回国就呈现出不同。如果真是那样的话，我将会无比地鄙视自己。

昭和二十九年

在新泻展览会上的发言

时机成熟这件事是很微妙的，我的作品终于能够在新泻展出，供各位赏鉴了。

我一直在呼吁艺术革新，所以我一方面重视传统，另一方面又在追求着传统中没有的东西。

从现在开始算，不经过十年，不知道会出来什么。不管怎样，我还是很期待诸位的眼睛中会闪耀出怎样的光芒。这种光芒中有某些值得我学习之处吧。

昭和三十年

鲁山人回国一周年陶瓷器作品展　在金泽的思考

我们必须要尊重传统。必须要正确地把握传统。但是，当今的很多创作者旧态依然，徒然沉沦其中，其工作令人着急，有心之人定然都怀着百年俟河清的想法吧。但是，责任的一端，实则在鉴赏者一方。妥协的看法、盲从的看法只会令所谓的艺术进一步堕落，而这种堕落反过来又会迷惑鉴赏者的眼睛，这种极端的恶性循环不正是艺术界的现状吗？我想对鉴赏者的这种眼光进行改革，幸好加贺人以其出身良好而著称于世。他们的眼睛将会闪耀出怎样的光芒，我对此默默地怀有极大的期待。

昭和三十年

鲁山人陶瓷器作品展

这是我回国之后第三次开窑烧制的作品，这次做了很多茶碗，但是与桃山时期的人相比，在创作神经上是有根本区别的。我自己看了也不大喜欢，但是也都是我用心制作的，在现阶段也只能做到这一步了。如果被古代那些眼光敏锐的人看到，大概会被他们轻视吧，但这也是无可奈何的事。

我将继续努力烧制下一窑作品。虽然我时常为自己迟迟没有进展而感到羞耻，但是天生的某些缺陷令我不能随心所欲。请大家尽情嘲笑吧。

昭和三十年

鲁山人在第五十次个展纪念展上的感想

我们必须把创作的重点放在所谓的个性发挥上。艺术创作者绝不可惮于发扬自己的个性，绝不可遵从一般常识，因为一般常识往往要求人们以小心谨慎为上。对于这些，虽然是有些晚了，但我最近还是下了这样的决心。

或许会被人怒斥幼稚、混账，但这就是事实，所以也是没有办法的。

所谓的陶艺创作者的立场，仅仅是一味生活于陋习之中，周边都是这样的人。

总之，别人是别人，首先要从自己开始打破陋习。这就是我现在的心境。

昭和三十一年

鲁山人备前陶作品个展

世上少有的备前土。

这种泥土中蕴含的美,不,是一种不美的美,以及其中所展现出来的"味道"。

可以说这种泥土本身才是无与伦比的。一种名为南蛮的土与此类似,但是不够味儿。这种备前土烧制的陶器刚从窑里拿出来的时候,会感觉不够沉静,但是用一段时间之后,很快就会焕然一新,发挥出无限的魅力。

我们经常提及的"古备前"诞生于三五百年前艺术创作者的黄金时代。泥土所蕴含的魅力、古代创作者的能力合在一起之后,产生出来的东西实在是优美至极。

现在,泥土还跟以前的泥土相似,却已不再有古代那样的创作者。对此,我深感遗憾,虽然僭越,但还是亲自出马,投身到了备前陶的研究当中。

随着时间的流逝,也算是抓到了一些眉目。

我想告诉后来者，即使现在，我们还是可以做到这个程度。我唯一担心的是过分倾倒于古备前陶而成为赝品制造者。我已做好充分的心理准备，将不断努力，以期再现古代陶瓷艺术。

恳请诸位给予当头棒喝。

昭和三十一年

鲁山人会成立时　我的人生

我的日常行为看起来似乎是排他的，很容易被人误解为避世之人。这是因为我从三十年前开始就远离了社会，失去了社交。

我这一生，生来爱"美"。虽然也尊重由人力创造的艺术，但是最为爱重的还是自然之美，属于"自然美礼赞一边倒"。山水木石，草木自不必说，连同禽兽鱼介等，也都是极美的。

所以我对此喜爱至极。没有自然之美，我无法生活下去。我也很难去关注那些不知道自然之美的画家、艺术家们的努力。所以，我很讨厌晚上把自己关在房间内的做法。因为虽然有艺术品相伴，却见不到自然之美。也就是说，我无法像别人那样在夜晚游乐。只是像山中的鸟儿一样，日落而息。要睡9个小时以上。就算烧制陶瓷器，也没有在晚上烧过窑。所以，对于世人所说的获胜之类的，我毫无兴趣。就算被人取笑，我也还是喜欢小原庄助①，想像他那样生活。虽然实际情况并不允许。我从很久以前开始就很害怕人们所说的世人的误解。但是，如果世人完全了解自己的话，那更是恐怖的事情。或许是由于这个原因，所以我总是佯作不知。

昭和三十一年

写在鲁山人陶瓷器作品集前

我标榜着雅陶生活，从事相关研究，三十年间亲自与泥土打交道，为掌控火候而烦恼，直至今日。

但是，说起来容易，做起来的难度远远超出了我的想象，只剩感叹古代人真是太厉害了。

---

①日本民谣《会津磐梯山》的歌词中出现的人物，喜欢在早上睡懒觉，喝早酒，泡澡。

虽然努力想着明天一定要如何如何，今年一定要如何如何，不，来年一定要如何如何，但是创意和创作完全没有出来出色的东西。虽然被人说平庸，但是还是在期待明天，这就是我的现实，也是这本拙劣的作品集的来由。可以说是一些风格独特的消遣吧。

昭和三十二年

鲁山人陶瓷器作品集　序

在镰仓大船的制陶生活已经过去了二十多年了。我近来致力于欣赏古陶，收集的木米作品增加了数倍，其次是不让自己陷于陋习之中。能否坦率自由地进行创意创作，能否全身心投入到虽有些刻意但是力求善恶不二美丑不二的创作欲望中去，我所关心的只有这个，其他的全不挂在心上。将在这样的心境中创作出来的作品拍成照片，恭请各位过目并批判。计划是每一年选十二张照片呈上。此外还有我的画作小品一并呈览。敬请笑纳。

昭和三十二年

第五十二次鲁山人展

在镰仓大船的制陶生活已经过去了二十多年。我近来致力于欣赏古陶,收集的木米作品增加了数倍,其次是不让自己陷于陋习之中。

能否坦率自由地进行创意创作,能否全身心投入到虽有些刻意但是力求善恶不二美丑不二的创作欲望中去,我所关心的只有这个,其他的全不挂在心上。恭请各位过目并批判。但是无论如何,我也想要继续走在艺术道路上,致力于追求、重视所谓的事物之魂。

昭和三十二年

第五十三次鲁山人陶瓷器作品展

想要说些什么来作致辞,但是原本就不擅长写东西的我,什么都说不出来,没什么可说的。我所有的,不过是一些即使说了,也都不会让人高兴的、无用的话。

对于陶土瓷土,我不是一边爱着,一边去思考它。

我只是去感受它,就像任由每一天的风吹过。

关于鲁山人展目录的话／

作为一个如同遁世一般过了几十年的人，我养成了一种很容易形成然后不太好的习性。我曾经也犹豫过，像我这样的人来到名古屋究竟是好还是不好。

但是，我无法离开追求自然之美的生活。名古屋的

"第五十三次鲁山人陶瓷器作品展"封面

人们也是如此吧。我期待与习惯亲近茶道的名古屋人促膝而谈，与他们谈谈孕育了日本茶道的自然之美与人工之美。在这件事上，我想我还是有可以和名古屋人一谈的资格的。因为我每天的工作就是这个。请与我握手吧。请与我促膝交谈吧。让我们一起愉快地共度人生吧。不管我在这里会受到冷待，还是会博得喝彩，我的性格是会因为受到刺激而变得更加坚定。不管是赞同还是反对，请将您的感想告诉我，不要有任何顾虑。

昭和三十二年

第五十四次鲁山人展

在某个聚会上,当我说到自己也快走到人生的尽头了,结果爱开玩笑的人一脸得意,似乎想说有很多人在等着这一天哪,还毫不在意地说出我之所以受欢迎正是由于这个原因这样露骨的话。我觉得这正是我自己无德导致的。同时又想着就让一切都顺其自然吧,自己向来沉浸于研究当中,对其他事情毫不在意。这样的日子还能持续多久呢?都随它去吧。

昭和三十二年

第五十五次鲁山人展

又来到了京都。一次次地给大家添麻烦了。不过,我原本就是京都人,所以还请大家支持。这些用备前陶土做的作品,会越看越有意思。我属于完全不懂前卫派的旧派人士,但是也不是纯粹的旧派。

总之,我就是这样一个既不是陶人也不是书法家、完全不知道算是什么的、像无赖小儿一样的人。请大家尽情嘲笑吧。

昭和三十二年

鲁山人雅陶展

平时,虽然经常说什么独创、创意什么的,但是还是会在不知不觉间卖弄小聪明,使作品沦为一种小工艺品。

大部分作品都有这个坏毛病。反正天生就是只能做到这一步的人,也是没有办法的。虽然我为此汗颜不止,但是真的毫无办法。

我想要拥有能够表达出有教养的自由和自然之美的、有力的、自由的、真正的美。

但是,总是得不到,所以一直为此烦恼。

昭和三十三年

译后记

第一次听到"北大路鲁山人"这个名字，第一反应是：大约是出生于某个古老的贵族家庭的人吧。因为在印象中，日本人的姓氏中带"路"字，其出身似乎都颇有渊源，比如近代著名的小说家武者小路实笃就是出身于贵族家庭。翻开《陶说》后所附的鲁山人年谱一看，这一猜测虽不中，亦不远矣。北大路家虽不是贵族，却也是京都上贺茂神社世袭神职的家世。但不同于那些出身世家，生活无忧，有充裕的时间和金钱畅游于艺术世界的贵族子弟，在鲁山人人生的最初阶段，他所出生的北大路家并未为他日后的艺术道路提供什么优越的条件。鲁山人是他父母的第二个儿子，出生之后不久就被送给别人做养子。在第一户收养的家庭生活到6岁，之后又被一户从事木版雕刻的人家收养，且10岁小学毕业之后就被送去做学徒，13岁时想要去上美术学校学画，却被养父拒绝，只能在养父家的店里打杂。从他日后所取得的成就来说,他的人生也算得上是一种逆袭了吧。

鲁山人善书擅画,擅制陶,爱美食。他多方面的才能,既有赖于天生的艺术天分,也有赖于他以古人为师、坚持不懈的努力。在《陶说》中,他一再地劝诫年轻的艺术家们要以古代的优秀艺术品为良师益友,多向古代的优秀艺术家们学习,要在起居坐卧的空间中多放置一些好的艺术品,时刻提高自己的审美水平。他还提到,很多人认为自己没有钱所以买不到好的艺术品,但是他认为在搜集艺术品方面,比起金钱,更重要的是"热爱"。他以自己为例,说自己从20岁开始收集陶瓷器,但是当时也是兜里没钱,只能一点点地从小物件开始搜集,即便这样也还是搜集到了很多优秀的艺术品。可以说正是这种对艺术的热爱与持之以恒的努力,成就了鲁山人的艺术。而这种"热爱"与持之以恒的精神,在今天,在艺术之外的领域,同样能够给我们很多启示。所谓"兴趣是最好的老师"这句老生常谈,在鲁山人的艺术人生中却是最真实的写照。

在翻译本书的过程中,时常会对书中鲁山人的话心有戚戚焉。像读到"不要吝啬亲近美的心、亲近自然的时间""明白的人,只用说一句就能明白,不明白的人,怎么说都不明白"这些话时,译者不能不感到超越时空的共鸣而会心一笑。但是另一方面,作为一个生于明治前期,卒于战后,经历了整个近代日本的崛起与战败的日本人,北大路鲁山人身上也有着一些今天的我们看来非常不喜的傲慢与偏见。比如他对中国陶瓷艺术的贬低,认为中国缺乏艺术上的灵性等等观点,都需要读者辩证地去看。这是鲁山人思想上的局限性,也是那个时代刻在他身上的印记之一。

接到本书的翻译任务是在去岁之冬,而后阅读相关资料,每天仅能翻译数页,万幸最终按时完成了任务。在本书翻译之际,译者就书中出现的制陶术语、历史人物等尽力做了注解,以方便读者理解本书。希望中国读者能够通过此书加深对北大路鲁山人和日本陶瓷的了解。

傅玉娟　于杭城半山书斋
2018年4月

北大路鲁山人年谱

1883年　　0岁　　3月23日,出生于京都府爱宕郡上贺茂村第166番户。原名房次郎。是上贺茂神社世袭神官北大路清操与登女的次子。父亲清操已在前一年的11月22日去世(享年40岁)。母亲38岁,兄长清晃4岁。据说生下后不久就被送到了滋贺县滋贺郡坂本村的一户农家做养子,但是在户籍副本上记载的是"收养事项及年月日不明",收养家庭的具体情况不明。根据白崎秀雄先生的调查,9月6日被京都府上京区的服部良知收为养子。

1889年　　6岁　　4月4日,与服部家解除收养关系,6月22日,被京都市上京区竹屋通小川西入东竹屋町438番地的福田武

		造收养。武造是一位木版雕刻师。同年,进入位于上京区丸太町的梅屋普通小学学习。
1893年	10岁	从梅屋小学毕业(四年制)。同时,到位于乌丸二条的"千坂和药屋"当学徒。
1896年	13岁	1月,离开"千坂和药屋",回到收养的家庭,向养父表明希望进入京都府绘画学校学习,但并未获允许,无奈之下只好一边替养父母打杂,一边协助家里的木版雕刻工作。
1899年	16岁	通过制作当时流行的油漆广告牌,有了收入,开始研究书法。
1903年	20岁	在征兵体检中因为近视被免除兵役。位于二条通西洞院的阿姨夫家是中大路家。鲁山人从这里得知了北大路家的门第,为自己出生的家庭感到自豪,同时他还听说生母登女在东京而决定前往东京寻找。在京桥高代町的丹波茂正处打听到了登女的住址,翌月,前往拜访位于千驮谷的男爵四条隆平家,却受到了登女的冷待,心情非常沮丧。此时,四条男爵听说房次郎有志于成为书法家,便向东京的两名书法家日下部鸣鹤、岩谷

		一六写去介绍信。
1904年	21岁	这一年,拿着介绍信拜访了日下部鸣鹤、岩谷一六,但因为领悟到书法必须靠自己钻研,就没有拜师。11月,所写的隶书作品《千字文》参加了日本美术展览会书法部分的展览,荣获一等奖,该作品被官内大臣田中光显子爵购入。
1905年	22岁	拜居住于京桥南鞘町的书法家冈本可亭为师,并入住冈本家中学习。可亭是漫画家冈本一平的父亲,是油画家冈本太郎的祖父。
1907年	24岁	辞别冈本可亭,租住于中桥和泉町,立起教授书法的广告,自号福田鸭亭。从京都叫来安见民,以书写广告牌、木版雕刻、教授书法为生。
1908年	25岁	2月,提交与安见民的结婚申请,7月,长子樱一出生。
1909年	26岁	此时,以书写广告牌、篆刻为业,为《实业之日本》《日本少年》《少女之友》等杂志题字。
1910年	27岁	与生母登女一起前往朝鲜汉城。
1911年	28岁	就职于朝鲜京龙印刷局,负责雕刻印刷公文用的木版。在工作的同时学

| | | 习篆刻,参观古铭碑、铭砖、古寺庙、古艺术等。三月,次子武夫出生。登女于5月回国。兄长清晃去世(33岁)。 |

| 1912年 | 29岁 | 该年年初(或是前年年末)前往上海拜访吴昌硕(书画篆刻家)。回国后居于京桥南鞘町。从京都老家叫来妻子民与两个孩子,以书写广告牌、篆刻、开设书法授课私塾为生。 |

| 1913年 | 30岁 | 从这一年开始自号福田大观。拜访位于近江长浜的文具商人河路丰吉,应当地富商的要求,雕刻匾额。停留于长浜期间,得以与景仰已久的竹内栖凤见面。同时,通过便利堂的田中传三郎,结识京都的富豪、艺术收藏家内贵清兵卫,深受影响。当时,富田溪仙、土田麦仙、速水御舟、村上华岳等人经常出入于内贵的松崎山庄,内贵对这些艺术家很是照顾。在内贵山庄,通过与这些人的交往,鲁山人的艺术天分逐渐展现出来。在内贵的帮助下,闭居于洛东清水的泰产寺,精修篆刻、书法。 |

| 1914年 | 31岁 | 6月与藤井关(位于日本桥大街的书商松山堂的次女)订婚。11月与民离婚。 |

1915年	32岁	5月,将长子樱一定为福田家的继承人,将自己的姓氏自己恢复为"北大路"的姓氏。同年后半年,行走于北陆道,常寄宿于别人家中。与金泽的细野燕台结识也是在这一年。在须田菁华的窑中,尝试了青花、彩瓷。
1916年	33岁	1月,在燕台的介绍下,结识金泽的怀石料理屋"山之尾"的主人太田多吉。频繁出入于"山之尾",学习料理、待客、食器的使用方法等。在篆刻颁布会的广告单上用了"北大路鲁卿"的号。1月28日,与藤井关结婚,居于神田区骏河台红梅町。4月,前往京都,暂居于内贵清兵卫宅邸。
1917年	34岁	与便利堂田中传三郎之弟中村竹四郎结识。
1919年	36岁	在自家的玄关前开始悬挂"古美术鉴定所"的招牌。5月,在京桥南鞘町租下一个小店铺,和中村竹四郎一同开设"大雅堂艺术店"。
1920年	37岁	1月,将"大雅堂艺术店"改名为"大雅堂美术店",主要经营古艺术和古董。2月11日,生母登女在河内去世(享年76岁)。作为户主的母亲去

		世后，鲁山人提交了家主继承申请（受理日为大正十一年7月8日）。向出入大雅堂美术店的客人们提供亲手制作的料理，获得了好评。
1921年	38岁	4月，在经营大雅堂美术店的同时，开始经营同人组织美食俱乐部。
1922年	39岁	美食俱乐部在东京的美食爱好者中获得极大好评。
1923年	40岁	在位于山代温泉的须田菁华窑中从事制陶工作。9月1日，因为关东大地震，大雅堂美术店被全部烧毁。同年年底，租用位于芝公园内的"花之茶屋"，再开美食俱乐部，盛况空前。
1924年	41岁	自1月开始，寄宿于京都的初代宫永东山处，尝试制作青瓷。在东山窑与长居于此的荒川丰藏结识。租借到位于麴町山王的日枝神社内的星冈茶寮，为复兴星冈茶寮而奔走，11月，向各方派发"美食俱乐部经营星冈茶寮复兴宗旨书"。
1925年	42岁	3月20日，星冈茶寮开业。12月，在茶寮内举办"鲁山人习作第一次展"（展出了书法以及陶瓷器作品）。
1926年	43岁	5月，在星冈茶寮内举办了"第二次

鲁山人习作展"(展出了书法、绘画、匾额雕刻、陶瓷器、漆器等作品)。5月,次子武夫去世(16岁)。自秋天至年末,在租借的北镰仓山崎的土地的一角筑窑。

1927年	44岁	松岛文智来到山崎的星冈窑从事窑业。2月,从京都的官永东山窑将荒川丰藏招至山崎。5月,"第四次鲁山人习作展"(小品画)在星冈茶寮内举行。10月,在镰仓山崎开设"鲁山人窑艺研究所"。10月25日,提交和中岛清的结婚申请。
1928年	45岁	2月4日,长女和子出生。前往朝鲜旅行视察朝鲜南部的古窑遗迹。6月在星冈窑接待久迩官邦彦王殿下夫妇。6月,在日本桥三越举办"星冈窑鲁山人陶瓷器展"。12月,再次在星冈窑接待久迩官邦彦王殿下夫妇。
1929年	46岁	3月,在日本桥三越画廊举办"鲁山人陶瓷器作品展"。4月,在金泽、福井县鲭江举行了陶瓷器、小品画的拍卖会。10月,在大阪三越举办了"鲁山人陶瓷器展"。
1930年	47岁	4月,在名古屋松坂屋举行"星冈窑

		主作陶展"。5月、6月,鲁山人在荒川丰藏的陪同下,发掘了大萱牟田洞窑、窑下窑、大平窑等诸多窑址。10月,以四开小报的形式出版《星冈》第一号。12月23日,田中传三郎去世(享年53岁)。中村竹四郎继承兄长传三郎的事业,成为了便利堂的社长。
1931年	48岁	8月,由便利堂出版发行《古青花百品集》上卷。
1932年	49岁	1月,出版《古青花百品集》下卷。3月,出版《鲁山人家藏百选》《鲁山人作陶百影》第一辑。9月26日,金泽"山之尾"主人太田多吉去世(享年80岁)。前往参加告别仪式,并致哀悼词。9月,《星冈》从四开小报改版为月刊杂志(从第22号开始)。
1933年	50岁	银茶寮开业。该年春天,荒川丰藏辞去鲁山人窑艺研究所(星冈窑)的工作,前往美浓大萱。出版《鲁山人印谱》《鲁山人小品画集》(第一辑—第五辑)。从这一年开始制作志野陶器。
1934年	51岁	在星冈茶寮内招待各界名士,举行书道谈话会,题词"习书要诀",举行了

		数次演讲。9月26—30日,在上野松坂屋举行"北大路家收藏古陶瓷展览会"。
1935年	52岁	1月25—2月3日,在上野松坂屋举行"鲁山人作陶百种展观",展出的是由新建的爬坡窑烧制出来的新作品。2月16—21日,在大阪日本桥松坂屋举办"北大路家收藏古陶瓷展览会"。11月10日,大阪星冈茶寮开业。
1936年	53岁	3月7日、8日在东京的星冈茶寮、21日、22日在大阪的星冈茶寮举行"鲁山人近作钵之会"。6月25—27日,在大阪梅田阪急百货店八层举办"北大路鲁山人氏新作画发表鉴赏会"(主办 儿岛米山居)。7月13日,鲁山人被赶出星冈茶寮。从这年9月开始,荒川丰藏在山崎的鲁山人窑艺研究所停留了一整年。
1937年	54岁	接受了东京火灾保险株式会社创立五十周年纪念品(树叶纹浅盘)的大量订购,山崎的鲁山人窑一片盛况。
1938年	55岁	6月,创刊《雅美生活》。7月18日,与妻子清协议离婚。11月10—14日,在银座三昧堂画廊举办"鲁山人

		近作小品画展"。12月,与料理研究家熊田梅(39岁)结婚。
1939年	56岁	3月15日,妻子熊田梅离去。12月,在日本桥白木屋地下食品部开设"鲁山人优良味觉研究所卖场"("山珍海味俱乐部")。在大阪举办"鲁山人作陶展"。
1940年	57岁	12月,与新桥的艺妓梅香,即中道那珂能(42岁)结婚。
1941年	58岁	12月22日,第一任妻子安见民去世(享年58岁)。
1942年	59岁	与那珂能离婚。在金泽的游部外次郎、山中的辻石斋等人的协助下,专注于漆器制作。
1945年	62岁	5月25日,星冈茶寮在空袭中被全部烧毁。在此之前,大阪的星冈茶寮也因空袭被毁。
1946年	63岁	5月,于银座五丁目开设鲁山人工艺处(自创作品的直营店)"火土火土美房"。将窑场改名为"鲁山人雅陶研究所"。
1948年	65岁	4月,长女和子与峰尾千寻结婚。同年秋,在日本桥三越举行"鲁山人绘画展"。

1949年	66岁	1月21日,长子樱一去世(享年41岁)。4月19日、20日在金泽市成巽阁举办"鲁山人作品发表会"。
1951年	68岁	巴黎的赛努奇美术馆举办"现代日本陶艺展"。鲁山人的作品和波山、宽次郎、庄司、土师萌、唐九郎等人的作品一同参加了展出。此后,在瓦洛里举行统一展览,其作品受到了毕加索的关注。3月,在工业俱乐部举办"鲁山人展"。10月,在日本桥高岛屋举办"北大路鲁山人展"。12月,在丸之内工业俱乐部举办"小品绘画及书法展"。12月,Isamu Noguchi、山口淑子夫妇入住到山崎鲁山人宅邸中的一栋乡村建筑内,并在那里设立工作室。
1952年	69岁	5月中旬,与Isamu Noguchi等人一起经京都前往备前伊部,拜访金重陶阳,尝试烧制备前陶(从15日一直停留到22日)。6月,鲁山人生活杂志《独步》创刊。6月,福田家的女主人福田麻知去世。10月1—6日,在东京日本桥高岛屋举办"鲁山人作陶研究二十五年纪念展"。12月1—3日,在东京丸之内工业俱乐部举办"鲁山人新研究(雅陶)展示会"。

1953年	70岁	1月,洛克菲勒三世夫人前往山崎拜访了鲁山人。鲁山人聘用平野武(后改名为雅章)为《独步》的编辑。3月,在东京国立博物馆讲堂做演讲"从我的制陶体验看前人"。4月27—5月2日,在日本桥壶中居举办"备前作品展"(在鲁山人的住所旁边移筑了备前窑)。在日本桥高岛屋五层的特别室中举办"鲁山人绘画展",展出为巴拿马轮船安德烈·迪龙号的吸烟室所画的壁画"樱"和"富士"两个作品。12月14—16日,在丸之内工业俱乐部举办"鲁山人欧美漫游前作品展"(主办方　国际文化振兴会)。
1954年	71岁	1月20—24日,在日本桥高岛屋举办"鲁山人外游前作品展会"。4月3—6月18日,周游了美国及欧洲各国(平野雅章随行)。4月下旬—5月上旬,在纽约近代美术馆举办"鲁山人展"。将约25件作品寄赠给纽约、伦敦、巴黎、罗马等地的美术馆、美术大学。5月中旬,前往瓦洛里,拜访毕加索、夏格尔。在周游期间,一边欣赏艺术,一边品尝世界各国的料理。10月,在日本桥高岛屋举办"鲁

		山人归国首展"。
1955年	72岁	4月22日,内贵清兵卫去世(享年78岁)。6月18日、19日举办"鲁山人作品展"(新泻市锅茶屋)。7月,分别举办"归国纪念展"(高冈市美术馆)、"鲁山人展"(7月17—18日两天 金泽美术俱乐部)。9月6日,通过NHK国际广播播送了"关于陶瓷"。10月25—28日,在日本桥高岛屋举办"鲁山人展"。同年,小山富士夫劝他接受重要无形文化财(人间国宝)的称号,但鲁山人坚辞不受。同年,春秋两次在京都美术俱乐部举办了"鲁山人作品展"(主办方 善田昌运堂)。
1956年	73岁	春秋两次在京都美术俱乐部举办了"鲁山人作品展"(主办方 善田昌运堂)。9月25—10月3日,在日本桥高岛屋举办了"第五十次展"。
1957年	74岁	6月11—16日,在日本桥高岛屋举办了"新作雅陶展",6月28—7月3日,在大阪高岛屋举办了"新作雅陶展"。10月19—30日,在名古屋名铁百货店举办了"第五十三次鲁山人作品展"。12月上旬,在京都美术俱乐部

		举办了"第五十四次作陶展"。
1958年	75岁	5月13—18日,在日本桥高岛屋举办了"鲁山人作陶展"。6月18—20日,在松江市公会堂,由岛根新闻社主办,举行了"鲁山人作陶展"。10月17—19日,在京都美术俱乐部举办了"鲁山人作陶展",12月22—30日,在日本桥壶中居举办了"鲁山人近作陶艺展"。
1959年	76岁	10月18日、19日两天在京都美术俱乐部举办了"鲁山人书道艺术个展"。11月2日发病,4日,进入横滨十全病院住院治疗。在治疗前列腺肥大的手术之后,又因为怀疑有胃溃疡而再次手术。因肝蛭导致肝硬化,于12月21日上午6时15分在该医院去世。12月24日,按神道仪式举行了葬礼。葬于京都市北区西贺茂镇守庵町五六的西方寺(坐前往上贺茂的公交车,在小谷墓地下车)。
1960年		4月12—17日,在日本桥高岛屋举办了"鲁山人遗作展"(陶瓷器及书法作品)。

(该年谱参考了白崎秀雄先生所整理的《鲁山人年谱》,并由平野雅章增补而成。)

彩绘钵

大正4年(鲁山人32岁)作品

古九谷风彩绘盘

大正12年(鲁山人40岁)作品

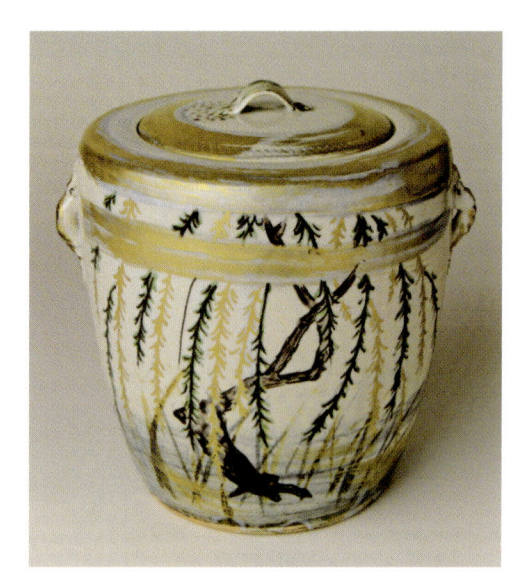

彩绘雁木纹平钵

昭和5年(鲁山人47岁)作品

仁清风柳樱水罐

昭和9年(鲁山人51岁)作品

彩绘鱼纹盘

昭和 4 年(鲁山人 46 岁)作品

彩绘双鱼纹盘

昭和 10 年(鲁山人 52 岁)作品

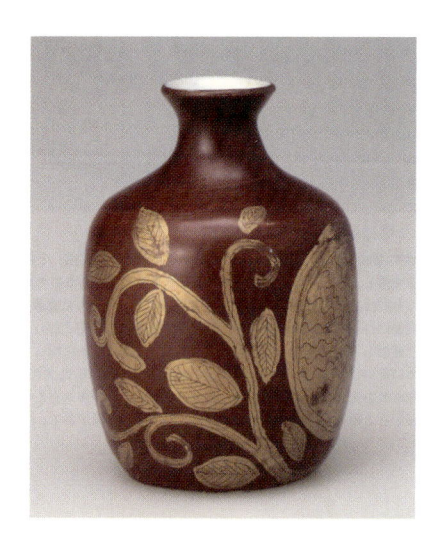

仿木米金襴手日月酒壶

昭和11年(鲁山人53岁)作品

云锦大钵

昭和13年(鲁山人55岁)作品

金襕手钵

昭和15年(鲁山人57岁)作品

志野雪竹图四方盘

昭和16年(鲁山人58岁)作品

水果图
昭和14年（鲁山人56岁）作品

柿图
昭和14年（鲁山人56岁）作品

松林图
昭和14年（鲁山人56岁）作品

握春
昭和15年（鲁山人57岁）作品

富贵草
昭和15年（鲁山人57岁）作品

景阳妆
昭和15年（鲁山人57岁）作品

晨景映岳

昭和17年（鲁山人59岁）作品

鲁山人篆刻作品（部分）

扇纹漆碗

昭和18年(鲁山人60岁)作品

漆绘蔬菜图盆

昭和19年(鲁山人61岁)作品

彩绘碟

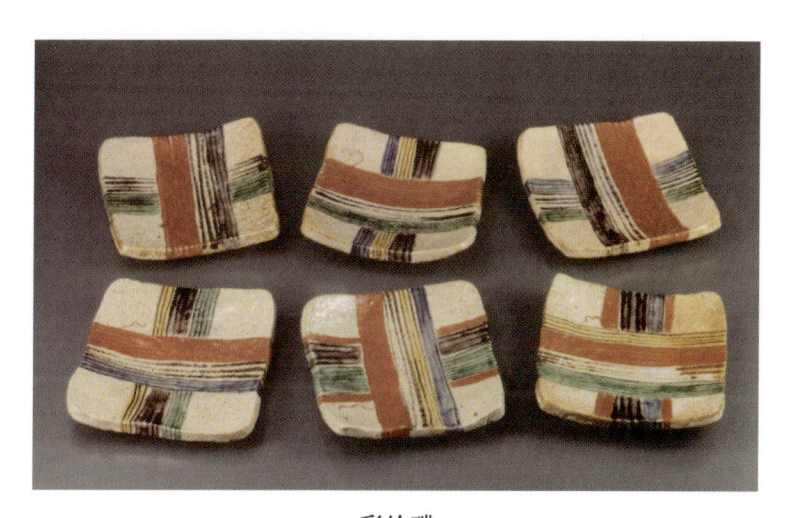

昭和20年代后期作品

乾山风盘

昭和24年(鲁山人66岁)作品

青碧织部汤汁壶

昭和30年(鲁山人72岁)作品

三彩壶

昭和32年(鲁山人74岁)作品

叶型盘五种

昭和32年(鲁山人74岁)作品

窯印・落款